因為女朋友被學長NTR了，
我也要NTR學長的女朋友
③
Kadokawa
Fantastic Novels

那、那個……呃，
這不是你想的那樣！

「阿優，你來當果憐的推薦人吧！」
這麼說著的果憐身體靠了過來，
摟住我的手臂。

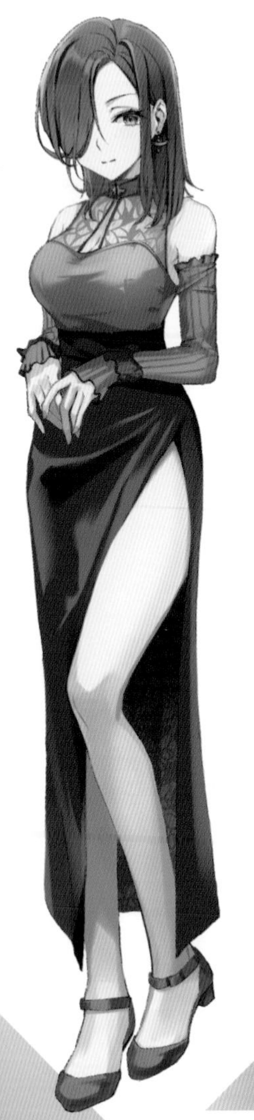

蜜本果憐

優的前女友。在耶誕派對上被揭穿劈腿情事，已經與優徹底分手，卻莫名出現在他的身邊。

龍膽朱音

連續兩年獲得「城都大學小姐」名號的優勝者。儘管有著妖豔美貌但是個性唯我獨尊，氣質如同女王。

Character

櫻島燈子

頭腦清晰、容姿端麗的嫻淑美女。人稱「正版城都大學小姐」。在平安夜的派對上於眾人面前甩掉劈腿的男朋友，目前單身。

一色優

為人優柔寡斷卻會在緊急時刻發揮實力。一部分女生將他視為「可愛系」。思慕著燈子。

「知道了，我知道了啦！
我參加，我也要參加
繆思小姐！」

震電みひろ
illustration
加川壱互
因為女朋友被學長NTR(橫刀奪愛)了，
我也要NTR(橫刀奪愛)學長的女朋友
3
Kadokawa Fantastic Novels

彩頁、內文插畫／加川壱互

CONTENTS

一 序章・怎麼會有我報名？

「就說了，我根本不記得有報名過『繆思小姐』！」

燈子學姊罕見地以粗魯嗓音如此表示。

「可是啊，我們這裡確實有收到櫻島隸屬的同好會申請，表示妳想參加。妳看，這不是有登錄至協議會，同好會的正式電子郵件地址嗎？」

社團協議會的負責人也是從剛才就不斷重覆一樣的話。

聽他們這樣你一言我一語，我有種莫名其妙的感覺。

若要回顧至今為止的狀況……

我，一色優，在半年前得知「當時的女朋友蜜本果憐，和大學學長鴨倉哲也劈腿的事實」。

那時我聯絡了鴨倉的女朋友——櫻島燈子學姊。

我與燈子學姊下定決心，要對鴨倉和果憐展開猛烈的復仇計畫，並在同好會去年的耶誕派對上實行。

我跟燈子學姊漂亮地完成了針對果憐和鴨倉的復仇大計。

經過那次的復仇計畫，我覺得彼此間的關係確實拉近了不少。

和過往的思慕憧憬不同，我開始對燈子學姊湧現「她是我很重要的人，我想待在她身邊」的情感。

燈子學姊應該也有在我身上感受到親近感。

她對我說：「就我們兩個人重新來過耶誕節吧。」

如此這般，當我跟燈子學姊在二月中約會之際——

突然接到了聯絡，官方宣稱「燈子學姊將正式參加繆思小姐」。

燈子學姊是人稱「正版城都大學小姐」、「真正的校園女王」的美女，在學校裡頭也十分有名，對我而言更是自高中時期就一直思慕的女性。

（我跟燈子學姊家住得很近，高中也就讀同一間。）

她不僅形象嫻淑、容姿端麗，還是頭腦清晰、成績優秀，才色兼備的完美女性。

倘若再進一步描述，她的身材也不輸寫真偶像！

然而燈子學姊「不希望自己太顯眼」，從未參加過城都大學小姐。

儘管周遭的人紛紛表示：「出賽的話一定能奪冠！」依舊無法改變她的心意。

而不知為何，社團協議會卻公布這樣的她將參加「繆思小姐」的消息。

但燈子學姊說不記得自己有報名過。

我們為了「撤銷燈子學姊的報名」，聯繫了社團協議會。

卻一直很難聯繫上社團協議會。

直到二月即將結束之際，才好不容易跟協議會約好要見面。

然後時至今日，就是現在這樣了。

「你們這樣無視當事人意願，還有辦法辦比賽？況且是要擅自對人評比分級，再怎麼失禮都該有個限度！」

燈子學姊嗓音的壓迫感更強烈了。

她想必完全處在氣頭上。

「不，不會變成那樣的。然而這可是炒熱學生生活的『五月慶典』重點活動，妳應該了解歡迎新生的這個企畫有多重要吧？」

「這我倒是曉得……」

燈子學姊略顯不滿地這麼說。

「五月慶典」——通稱「春祭」的這個活動，簡單來說就是「春季的大學校慶」。不過與一般的大學校慶不同，並未對外宣傳，主要是規劃讓城都大學的學生參加（但並未排除其他學校的學生）。

這個活動的一大重點正如對方所言，是要「讓新生盡快習慣大學生活」，因此舉辦的日子也只有五月的第二個週六那麼一天，沒有讓學生擺設臨時攤販之類的安排。

「春祭」活動以往都是社團協議會自發性地舉辦的，然而今年起升格為大學的正式活動了。

「今年可是重要的第一屆。這次的成敗關乎五月慶典的未來發展，所以我們真的很希望櫻島來幫忙。」

燈子學姊像是被壓倒般地沉默不語。

對方採取這樣的說法，燈子學姊就會心軟。

看透這點的負責人似乎覺得機不可失，進一步開口：

「而且『繆思小姐』並非單純的選美比賽。」

「哪裡不一樣呢？」

「繆思小姐重視多元性，不像以往的選美比賽只有一種標準，會依據各自的特長與個性，選出九名女神。」

「選出九名？」

「沒錯，參加者的長處可以是音樂、歌唱、繪畫、談話、知識……無論哪方面都行。以各自擅長的項目博取支持，在各領域選出一名代表——這次的企畫就是這樣，所以不會像以往的選美比賽那樣選出冠亞軍之類的。」

「……」

燈子學姊一瞬間再度噤口不語。

八成是因為她所討厭的「以女性特質進行排名」這種要素已經不復存在。

不過對方的嘴上功夫實在了得，居然能讓燈子學姊沉默到這種地步。

協議會的負責人繼續補充：

「況且櫻島參加繆思小姐，也會為妳隸屬的同好會帶來好處。」

「有什麼好處呢？」

「首先，被選為女神的話，大學就會提供補助款。在大學校慶時也能獲得設施的優先使用權。更重要的是沒有社辦的同好會可以得到一間社辦。這些對社團和同好會來說都是很大的好處吧？」

燈子學姊第三次沉默不語。

對方莫非有針對燈子學姊擬定策略？他準確地命中了燈子學姊的弱點。

的確，誠如這位負責人所言。

我們隸屬的「和睦融融」同好會規模不小，也是大學正式認可的同好會，卻沒有社辦。

歷任會長每年都有申請「社辦抽籤」，但就是一直抽不中。

「社辦」、「補助款」、「大學校慶時優先使用設施的權利」這三點對同好會來說想必充滿魅力。

可是……

「話是這麼說，扭曲當事人的意志逼人參賽果然還是很奇怪吧？」

我這麼說著，站了出來。

「你是？」

負責人以像是要表達「你別亂插嘴」的目光看著我。

「我是理工學院一年級的一色優，和燈子學姊隸屬同一個同好會。」

「所以呢？」

「你剛才說過，『繆思小姐重視的是女性的多元性』，對吧？」

「沒錯。」

「既然如此，不也該重視『不參加』這種多元性嗎？」

「……」

對方露出一副彷彿遭人趁虛而入的表情。

「身為當事人的燈子學姊都說『不打算參加』了，那麼無論是同好會的申請，抑或有人代她報名，都應該立即撤銷才對吧？」

「這……」

協議會負責人眼光四處游移，尋求周遭的協助。

不過其他人並未插嘴。

反倒有幾個女生看似贊同了我的意見。

「然而參加繆思小姐的話，不僅能替同好會帶來好處，還可以炒熱大學生活。更何況大家都很期待櫻島參加。」

「這番話我們剛才已經聽過了，但這不等於『可以強迫燈子學姊參加』的理由喔。」

「可是啊……」

「社團協議會打算逼迫沒有意願的女生參加活動嗎？」

「我並不是在逼迫……」

負責人支支吾吾。

我霎時湧現「這下是我贏了」的想法。

「既然如此，還請你撤銷燈子學姊的報名。只要在社團協議會網站首頁刊登『櫻島燈子參加比賽純屬誤載』的更正啟事就行了。」

正當我這麼說時——

房內的門打開，一名女性走了出來。

「咦~~阿優？到底是怎麼啦~~」

這種尾音拉長的甜膩嗓音！

我瞬間回過神來，凝視那名女性。

是果憐！

只見她手裡正抱著紙箱。

「燈子學姊也在啊～今天有什麼事情嗎？」

協議會的負責人登時露出彷彿鬆了口氣的神情。

我並未漏看這種狀況。

反過來說，果憐的出現對我和燈子學姊而言則是出乎意料的事態。

「對，我想對我參加繆思小姐一事做點確認。」

「啊～燈子學姊也有報名『繆思小姐』嘛～其實果憐也有報名喔！」

「妳也有報名？」

「沒錯！這可是一場慶典耶，比起當觀眾，還是主動參加才開心嘛。況且要是當選繆思小姐，也會為同好會帶來好處呀。」

「說什麼同好會，果憐不是已經退出和睦融融了？」

我一這麼問，果憐便露出微笑回應：

「果憐現在加入了其他的同好會嘍。那是果憐和朋友一起創立的，名稱是『Jouet mignon』，代表人就是果憐喔！」

「妳這傢伙，自己創立了一個同好會？」

在吃了一驚的我身旁，燈子學姊自言自語似的這麼說：

「『Jouet mignon』，是法文『可愛的玩具』的意思嗎？」

「沒錯！不愧是燈子學姊！果憐啊，最喜歡既可愛又開心的事情，才會取這樣的名字。

Jouet mignon可是有確實得到大學的正式認可喔！」

果憐無視我的問題，如此回應。

燈子學姊有一瞬間露出深思般的神情。

「所以學姊是來確認什麼呢？」

把手上的紙箱放到桌上後，果憐隨即靠近到我們身邊。

「社團協議會的社群網路不是有發出『我有報名繆思小姐』的貼文嗎？可是我並不打算參加，所以才會來確認這件事，還有假如真的有報名，我也要請協議會撤銷。」

果憐目瞪口呆。而且，她還刻意把雙手帶到嘴巴前面。

「燈子學姊，妳不參加繆思小姐了嗎？」

「我本來就沒有要參加的意思。」

「太～可惜了吧。大家都很期待燈子學姊參戰的說～」

「燈子學姊並不是自願報名的喔。」

儘管我插了嘴，果憐卻像是沒有意識到我的存在般繼續說下去：

「咦～真可惜耶。果憐也想跟燈子學姊來一場公平公正的比賽的說～這次絕對要分出高下！」

總覺得燈子學姊一聽見「這次絕對要分出高下」這句話，雙眼便些微地睜大了。

這時果憐一個轉身，看向我這邊。

「啊，我想到了。既然如此，阿優，你就來當果憐的推薦人吧！」

「咦？」

我不禁呆愣地張人嘴巴。

「繆思小姐啊，最多可以有四名推薦人喔。所以啊，阿優，拜託你當果憐的推薦人！」

「為什麼我要當妳的推薦人？」

「因為啊～你是果憐的前男友嘛，一定比任何人都還要了解果憐呀。」

這麼說著的果憐身體靠了過來，摟住我的手臂。

……感覺有夠刻意……

儘管我這麼覺得，可是斜眼一看，燈子學姊的表情似乎帶有不滿。

「果憐找一色當推薦人，這樣沒問題嗎？」

燈子學姊這句話的語氣些微地顯露不滿。

想當然耳，她這句話的前提是我曾為果憐劈腿的事大發雷霆，也曾在耶誕派對上實行對果憐的復仇。

「沒關係喔。畢竟啊，阿優好像還忘不了果憐嘛～」

「咦？」

驚訝的我還來不及反駁，果憐便繼續說下去：

「不知道為什麼，後來果憐不管去哪裡都很容易碰到阿優耶，還在交往的時候明明沒這麼容易碰頭的說。這讓果憐覺得啊，世上怎麼可能會有這麼巧的事情？」

「考前上經濟學課程的時候啊，阿優也坐在果憐的身邊。果憐忘了帶課本，結果阿優主動提議：『就跟交往的時候一樣，一起看我的課本吧。』多虧有阿優，果憐才有辦法逃過一劫呢。」

「妳、妳在說什麼……」

「等等，妳這傢伙，那又……」

「是這樣嗎，一色？」

燈子學姊以銳利的目光看我。她的氣場懾人，又濁又黑。

「不、不是，那是因為……」

「果憐剛才說的，是真的嗎？」

「咦？呃，事、事情是真的沒錯……然而完全不是果憐說的那種意思……我並不想跟她見面。」

「儘管都分手了，阿優還是對果憐很溫柔呢～果憐好像……有一點點心動了耶！」

果憐這麼說著，又進一步把身體擠到我的身上。

「妳、妳這傢伙，說什麼鬼話！給我差不多一點，快遠離我！」

結果她依舊纏著我的手臂，就這樣再次轉向燈子學姊：

「所以啊，果憐把阿優抓過來也沒關係吧？阿優這個前男友很了解果憐，『前男友的支持』對果憐來說也很加分喲～～」

「我、我還沒決定『不參加』喔！」

燈子學姊瞬間緊閉雙眼，這麼說著。

「說不定我也會參加繆思小姐啊！」

她再度重覆一樣的話。

然而果憐擺出了目瞪口呆的神情。

「可是啊～～燈子學姊剛才不是說『要撤銷繆思小姐的報名』嗎？」

「說、說是這麼說，但今天的目的是要先弄清楚事實……」

「無論參不參加，倘若不說個清楚，可是會對協議會的人們造成困擾的喔。」

燈子學姊沉默了一陣子。

不過她緊緊握著垂落的拳頭，紅著一張臉，看似忍耐痛苦般地開了口：

「知道了，我知道了啦！我參加，我也要參加繆思小姐！」

聽見她這麼說，果憐便一溜煙放開了我的手臂。

「嗯～～這樣啊？燈子學姊願意參加繆思小姐，站在協議會的角度來看可真是令人高興。這下活動一定會熱熱鬧鬧的吧。」

仍然紅著一張臉的燈子學姊，狠狠地瞪著果憐。

「那就先這樣了，燈子學姊，果憐先回去工作嘍。果憐相當期待，能透過繆思小姐跟燈子學姊一較高下。」

然後，果憐小小聲地對我這麼說：

「還有啊，假如燈子學姊不報名，果憐是真的會請阿優來當推薦人喔。」

「這樣真的好嗎？」

走出社團協議會的辦公室，只剩我跟學姊獨處的時候，我如此詢問。

「唔、嗯。如果真的是同好會的人替我報名，我想還是回應對方的期待會比較好……」

可是她的語尾滿小聲的。

我不覺得燈子學姊剛才那句「要參加繆思小姐」是發自內心所說的話。

而且我懷疑——「這一切難道不是果憐設計的嗎？」

大學考試結束的那天，我在沒半個人的操場側邊聽見了應該是協議會成員的男生們，跟果憐討論著繆思小姐的事情。

當時，果憐他們曾提到「燈子學姊會參加」的事情。

我會待在那邊完全就是巧合，那個地方平常沒什麼人會去。

由於我在打瞌睡，沒有全部聽清楚，但我一直很在意他們的談話內容。

「學姊不用在意果憐所說的話，那只不過是沒深度的挑釁罷了。」

我並不是要責備燈子學姊，心裡卻有著「怎麼果憐說了幾句就這樣……不太像燈子學姊的作風」的想法。

燈子學姊紅著臉，微微低垂臉蛋，如此表示：

「你說的對……可是，我內心某處或許還是對果憐有點疙瘩，氣到連自己都控制不了自己……」

的確……我也很能體會她那樣的心情。

「這也是情有可原的。要是我受到鴨倉學長挑釁，八成也會氣到無法忍耐。」

結果燈子學姊忽然瞄了我一眼。

「不是那樣的。跟哲也一點關係都沒有喔……」

「咦？」

我反問回去，燈子學姊卻像是要打斷這個話題般地面向前方。

「無論如何，過去的事情再多講也沒用。既然決定要參加繆思小姐，就該把心思放在取勝上頭！」

「知道了！我也會盡全力幫忙的！」

我跟燈子學姊這時四目交接。

不知道是從誰先開始的，但我們都綻放了笑容。

這是我們兩人的目標與意願，再次一致的時刻。

二 同好會的大型會議

時間進入三月，我們和睦融融同好會的成員聚集在沒人使用的教室裡頭。

（我們大學會將沒人使用的教室和會議室免費借用給大學的相關人士。）

今天聚會的目的是要決定新的同好會代表。

以往決定同好會的新代表、新幹部來做交接的時期，早一點的話是在十二月，晚一點也會在後期考試過後立即處理。不過今年事情比較多，結果便拖到三月了。

（這種講法好像不關我的事，但其實是受到我的復仇計畫影響。）

「那麼，同好會今年度的新代表，就麻煩加納一美來擔任了！」

前任代表中崎學長如此發表。

我們同好會的代表人和幹部是以投票決定的，成員們可以自願參選，也可以推薦他人。說是這麼說，但其實根本不會有人自願，實際上都是以前任代表和幹部「推薦」人選的形式，事先決定好候選人。

所以即使說是投票，也不代表會有競爭對手。幾乎都是自動決定好下一任。

……儘管如此，一美學姊能成為代表人還是很猛。

再怎麼說，她都是半年前才加入同好會的。

一般而言，應該是大一就加入同好會的人會成為代表吧。

一美學姊確實擁有發言權和影響力。

她是無論面對誰都能無所畏懼，有話直說的人。

在這樣的特質下，卻還具有會讓人想要跟她站在同一陣線的天王魅力。

她在這半年間，一下子就成為同好會的中心人物。

照理說，有話直說到那種地步應該會樹立許多敵人，可是人家會對一美學姊抱持好感，有一部分也是因為她那樣的個性。

「一美學姊加入這個同好會才半年就當上帶頭的啊？好厲害喔。」

坐在我身旁的石田所說的話，跟我心裡頭想的事情一模一樣。

「考量到一美學姊的發言力，有這樣的結果確實令人信服就是了。」

「原因不是只有那個喔。聽說這可是中崎學長強力推薦下促成的。中崎學長起初詢問一美學姊要不要當同好會代表的時候，好像遭到了拒絕。據說是中崎學長鍥而不捨地說服她，一美學姊才勉為其難地接受。」

石田如此說明事情經過。

「一美學姊真的是很厲害，能讓中崎學長那麼地賞識她。」

「不過好像還有女生群的中心人物麻奈實學姊和美奈學姊在背後推了一把就是。」

「美奈學姊擔任副代表，燈子學姊則是負責公關啊。我一直以為燈子學姊會是副代表呢。」

我看著分發下來的名冊而這麼說。順帶一提，書記與會計都是大三的男生。

「是啊。不知道燈子學姊為什麼會負責公關？」

正當我們聊著這些事時，中崎學長說了這樣的話：

「那麼有請新任代表加納一美說幾句話。」

並且把麥克風遞給一美學姊。

一美學姊搔著頭，擺出一張「真沒辦法耶」的表情，拿起了麥克風。

「啊～～我是剛才被介紹到的加納一美。誠如大家知道的，我加入這個同好會也才半年，可是中崎學長對我說『拜託妳一定要接任！』我只好勉為其難地接手啦。不過我既然接手了就會盡全力做到底，希望大家都能跟隨我的腳步。還請你們多關照啦！」

周圍的人們同時拍起手來，代表大家都很滿意這次的人事分配。

「那麼，首先要來發表這個年度同好會的方針……」

說到這裡，一美學姊停頓了一下，環視在場的所有人。

大家不禁期待起她的下一句話。

「從現在開始，男生就是女生的僕人了。這點不容反駁。」

……咦，她在說什麼？

這一瞬間，所有男生都籠罩在令人忘記呼吸的緊張氣氛下。

我跟石田也都直接目瞪口呆。

我凝視一美學姊的表情……發覺她一臉正經。

是說，她是真心講出這種話的嗎？

結果一美學姊露出了微笑：

「你們不要那麼認真啦。這種時候應該要吐槽吧？我只是在說笑，開玩笑而已。想說氣氛好像滿嚴肅的，要讓你們放輕鬆一下。」

四散各處的男生們傳出安心的嘆息。

這時我也不禁發出一樣的嘆息。

……一美學姊口中冒出那種話，總覺得會讓人吃不完兜著走呀……

「一美學姊說這種話，聽起來就不像在說笑啊！」

身旁的石田代替我說出心聲。

一美學姊看向那樣的石田。

「啊，石田可以有特別待遇，來當我專屬的僕人喔。要不要我現在就任命你啊？」

「呃，為什麼要這樣遷怒啊？」

「你可是會成為帶領同好會的美女的僕人，想必很開心吧？表現夠好的話，還可以讓你升級成管家喔。」

一美學姊這麼說，重新面向正前方。

「好了，先撇開石田以外的那些玩笑話……」

「對我講的不是玩笑話呢。」

石田碎碎唸。

「今年也會全力舉辦各式各樣的活動。我們雖然是跨校的同好會，不過城都大的學生很多，所以會為校內的活動傾注心力。還有，這點是繼承自中崎的方針，就是我們也要為戶外活動付出心力，畢竟這個同好會原本是戶外系的。」

大家默默聽著一美學姊所說的話。

在最近戶外活動熱潮的加持之下，從去年就有人希望「能舉辦更多野外相關的活動」。

一美學姊的施政發表演說？繼續下去：

「而且我想要在今年，好好實現這個同好會長久以來『弄到一間社辦』的願望。」

聽見這番話的大三男生發話：

「具體上妳打算怎麼達成？我們每年都有申請『閒置社辦的抽籤』，可是都抽不中啊。」

一美學姊看向那名大三男生。不知道是不是我多心，總覺得一美學姊的嘴角露出了笑意。

「今年正好有能夠實現心願的絕佳妙技。那可是百分之九十九會成功的一招喔。」

「所以是什麼招？」

我看向那個大三男生。而且我知道他問題的答案。

因為那就是幾天前，我跟燈子學姊找一美學姊商討的事情。

「今年會舉辦代替城都大學小姐，叫做繆思小姐的活動，大家都知道吧？」

大部分的成員都點點頭。

「而我們同好會，打算推薦櫻島燈子參加繆思小姐。」

聽見這番話，室內的氣氛騷動起來。

「那篇公告果然是真的啊？」「燈子出賽的話奪冠的可能性很大耶。」「可是燈子為什麼突然會想參加？」「她之前明明堅決不參加選美比賽的說。」

中崎學長雙手拍出兩下很大的聲響。

「大家安靜點！一美還沒說完喔！」

這讓大家都停止交談並看向前方。

一美學姊再次開口：

「先不管燈子為什麼會參加繆思小姐，重點是既然出賽了就想取勝。畢竟呢，參賽申請是從這個同好會提出的啊。」

一美學姊強調「參賽申請是從這個同好會提出的」這句話，然後對同好會成員環視了一輪。

我也側眼觀察周遭人們的樣子。

提到這點的時候，會有誰做出反應呢？

可是，我看不出來「擅自為燈子學姊申請參加繆思小姐的傢伙」是誰。

一美學姊或許也沒有頭緒，視線回到正前方之後便繼續說下去。

「假如燈子能名列九名繆思小姐，就會為這個同好會帶來好處。不僅能分配到一間夢寐以求的社辦，還能拿到補助款，校慶的時候也能優先使用校內設施。」

幾名同好會成員喊出：「哇，太讚啦！」而顯得欣喜。

我也很能理解他們的心情。

在大學裡頭，其實很難找到棲身之地。

直到高中都還固定有「自己的位子、自己的置物櫃」，東西也可以放在學校，自己一直都有可以坐的地方。

可是大學基本上沒有固定位子，也沒有什麼可以放置個人物品的空間。

如果有決定好研究室或研討會另當別論，不過大一和大二的學生常有「都上大學了，卻沒有自己的棲身之所」的想法。

這種時候，「去那邊的話會有人在，也可以放置個人物品」的社辦就是很珍貴的存在。

我們同好會至今沒有社辦，所以都是在學餐一角「聚在一起」。

「如此這般，我們整個同好會都要支持燈子。然而繆思小姐除了候選人以外，還需要四名推薦人。」

一美學姊舉起先前就拿著的紙張。

「推薦人這部分跟燈子的意向也有關，所以已經決定好了。由我、林美奈、稻本麻奈實，還有一色優來擔任。」

「也對啦，八成會是這樣的人選。」

我聽見有人說出這樣的話。

「說是這麼說，但也不是光靠這四個人幫忙就好。在各種層面上，都需要同好會的大家支援。到時候就麻煩大家啦。」

「哦～～了解！」

「大夥兒，這可是為了社辦。要弄到睡午覺的地方啊！」

「這樣就能無憂無慮地打麻將啦。」

「不不不，社辦可不能讓你們當成麻將館。」

「再怎麼說，都是整個同好會的社辦喔！」

原本在周遭的人也過來找我搭話。

「一色，要加油喔！」

「我站在你這邊。」

「你都當上思慕已久的燈子的推薦人了，就算不想做也會努力吧。」

「你可要拚上老命……不，就算沒命也要擠進繆思小姐的名單喔。」

對於這句話，我苦笑回應：

「什麼啊？這又不是要賭命的事情。」

「意思是叫你不要大意。」

「可是燈子出賽的話應該會輕鬆獲勝？」

「畢竟大家都叫她『正版城都大學小姐』、『真正的校園女王』了呀。」

在這些人當中，一位學姊抓住我的肩頭，這麼說道。

「絕對不能輸給那個『龍膽朱音』喔。」

同好會的大型會議結束後，以燈子學姊為中心，我、一美學姊、美奈學姊、麻奈實學姊這四名推薦人，以及石田紛紛留了下來。

「石田雖然不在四人的範圍內，但他跟一色就像是一心同體。」

一美學姊的主張是這樣。

「別把我說得好像什麼贈品一樣啦。好歹取個『第五之男』之類的帥氣稱號吧？」

石田一臉不滿地這麼說。

一美學姊沒有理會那樣的石田而看向我。

「一色，可以麻煩你說明這次繆思小姐的流程嗎？」

「我知道了。」

我把事先準備好的文件分發給大家。

「這是我去社團協議會那邊問到的，所以基本上應該會照這個流程進行。」

我手指向文件上的第一個項目——「時程」。

「由於繆思小姐是讓新生了解大學的春祭活動一環，比賽本身會在黃金週前結束，結果則會在隨後的春祭公布。一般的大學選美會花上差不多半年進行，等到校慶再公布結果，相較之下繆思小姐的期間短了許多。」

聽我這麼說之後，美奈學姊點點頭：

「畢竟校園選美受到的一大批評就是『競選期間太長，會妨礙學業和大學生活』。以這點來說，能在短期間內分出結果可真是令人感激。」

「是的。可是宣傳期間也一樣會縮短許多，因此或許很難讓人理解到參賽人的內在美。我覺得這部分好像有偏離繆思小姐『魅力的多元性』這個主題。」

一美學姊的手掌上下甩了甩。

「繆思小姐的主題怎樣都沒差啦。所以說，投票方法是什麼？」

「要用網路投票。順帶一提，只能以大學的電子郵件地址註冊的帳號來投。」

「宣傳要怎麼進行？」這麼問的人是麻奈實學姊。

「基本上果然還是要靠網路呢。畢竟期間真的很短。主要的活動方式是透過社群網路還有發布影片，不過擅長美術的人好像會辦個展，有在玩音樂的人也會弄個小型音樂會或演唱會之類的。」

「燈子，妳有打算實際去拋頭露面，做些什麼嗎？」

一美學姊這麼一問，燈子學姊便拚命地揮動雙手。

「不行不行不行！我沒辦法像那樣站在一群人面前，展現什麼才藝。其實連拍影片我都不確定辦不辦得到了。」

「我們應該沒必要勉強燈子做些什麼吧？光是站在原地，燈子就很有模有樣了呀。」

美奈學姊如此圓場。

可是……那樣真的就夠了嗎？

我感受到一絲疑問。

「嗯，要讓燈子做些什麼，還有宣傳什麼特質就晚點再想吧。我今天想先分配好大家的工作。你們分別要做些什麼？」

一美學姊在白板上寫下「工作崗位」。

「我跟優來當攝影……」

彷彿硬是要蓋過石田講到一半的這句話，美奈學姊以宏亮的嗓音宣告：

「有有有！我來當攝影師。要拍出傳上Linstagram會很上相的照片啊，我可是很有自信的。而且我之前就一直想當個攝影師，也會請麻奈實來當我的小幫手。」

她邊這麼說邊舉起手。石田完全被壓制在一旁。

「說得也是。那麼要上傳Tritter和Linstagram的照片就麻煩美奈和麻奈實來拍了。至於一色，我希望你能幫燈子建立社群網路的頁面，以及思考宣傳文案。石田就等社群網路頁面建好後，確認一下有沒有奇怪的留言，還有幫忙各項工作的負責人，並且做出協調。」

「我是打雜的就對了？」

「這可是很重要的職務。你可是首席協調員（chief coordinator）喔。」

「這只是換個說法而已嘛。」

覺得如此抱怨的石田滿好笑的同時，我也在最後補充一句。

「協議會那邊好像會備好專用的伺服器，所以候選人的照片、影片那些都能傳到那邊。伺服器上似乎也會架設可以自由發文的留言板，要確認留言的話，也需要確認伺服器上的部分。」

「嗯，我知道了。這次的繆思小姐是只有兩個月出頭的短期決戰。我們一週就聚個兩次，週一跟週四來互相報告各自的進度。除此之外，照片或影片完成後也要分享到ＭＩＮＥ的群組給大家看。那就先這樣啦，大家一起加油嘍！」

一美學姊這麼說著，結束了這次的討論。

大型會議結束後，燈子學姊邀我跟她一起進入咖啡店。

石田和一美學姊她們顧慮到我們，表示「要先回家」。

我一如往常地點了拿鐵，燈子學姊則是點了卡布奇諾。坐到位子上後，她嘆了很沉重的一口氣。

「怎麼了嗎？」

我這麼一問，燈子學姊先是露出在思考的模樣一陣子，接著開口：

「總覺得事情發展的規模遠遠超出我預料啊～」

「目前可是連開始都還沒開始喔。」

「是這樣沒錯啦……但我一直以為這不過就是『在網路上做自我介紹，讓看到的人任意投票。以這樣的方式選出九個人』的活動。」

「嗯，可是要參加就得盡全力才行啊。關於這點，一美學姊不是也說過了嗎？」

我們去找一美學姊討論「燈子學姊要參加繆思小姐」這件事的時候，她起初其實並不贊同。

「燈子沒必要參加那種比賽吧？不需要去顧慮同好會的好處之類的啊。」

打從一開始，一美學姊掛心的便是「燈子學姊被人逼得必須參賽的情形」。

然而燈子學姊的責任感很強烈。尤其在關乎自身的事情會影響到他人之際，她就更不可能坐視不管。

甚至到了令人覺得冥頑不靈的地步……

「沒事的，畢竟是我親口說要參加，我會努力的。」

聽到燈子學姊那麼說，一美學姊似乎也死了心：

「這樣啊。既然燈子妳這麼說，我支持妳就是了……」

她於是承諾會幫忙。

「說的也是。不只一美，同好會的大家也都說會幫忙，對我有所期待……可是，該說這樣讓我壓力有點大嗎……就算在這種比賽對我有所期待，我還是……」

「燈子學姊一定沒問題的。大家不是都說了嗎？說學姊是『真正的校園女王』。」

燈子學姊以摻雜不安和不滿的目光看我：

「大家那麼說倒也不是基於什麼根據吧。我自己沒說過那種話，也沒有那麼想過。」

燈子學姊這樣真不妙，她的心緒愈來愈偏往負面的方向。

我打算盡力將燈子學姊的心緒拉去開朗的方向。

「可是換個角度來想，這或許是個好機會喔。」

「好機會？什麼機會啊？」

我刻意擺出像在賣關子的笑容。

「燈子學姊之前說過『想要了解可愛的女孩子』吧？那時我只能答出自己心目中『可愛的燈子學姊』，但這次我們可以了解到各式各樣的人們眼裡，種類繁多的『可愛』啊。」

結果燈子學姊害臊似的用大腿夾住雙手，紅著臉垂下頭去：

「那、那都已經過去了……而且，一色當時的答案我很滿意。」

「我也很期待喔，期待這次的繆思小姐！」

燈子學姊以「咦？」一般的態度抬起臉來。

「畢竟這種事情只有學生時期才能做啊。但高中的時候規模沒辦法弄得這麼大，出社會後一般來說根本沒辦法參加選美比賽吧。」

「這麼說是沒錯啦……」

「再加上這次我身邊就有足以參加那種活動的人，這算是很罕見的狀況吧？我覺得自己能在這種活動中擔綱主導地位會是第一次，也是最後一次。」

「呃、嗯……」

「對我來說，這可是深入了解燈子學姊的大好機會。畢竟燈子學姊好像總是不願談起自己的事情。」

「我倒也沒有刻意要隱瞞之類的……」

「所以啊，燈子學姊，我們一起享受這次的繆思小姐吧，我也會盡全力幫忙的。能成為燈子學姊助力的機會可不是說有就有，所以我充滿了幹勁喔！」

聽到我強而有力地這麼說，燈子學姊露出看似靦腆的笑容。

「謝謝。既然你都對我這麼說了……是沒錯啦，參加這種活動，當作大學時期的一段回憶應該也不錯。」

「對啊，我們一起努力吧！而且要樂在其中喔！」

燈子學姊聽了我這番話便點點頭，然後帶點自嘲地這麼說：

「我真的有點糟。該說待在一色面前會不禁示弱嗎？真心話的部分就是會表露出來。明明我才剛決定要『好好努力』的。」

「不介意對我透露的話，還請學姊隨時吐露真心話。人都需要有個可以示弱的對象喔。」

……而且只有自己知道燈子學姊不為人知的一面，總是令我相當高興。

看來燈子學姊也變得比較樂觀了。

繆思小姐——既然要參賽就希望開開心心，也想要取勝。

為了達到這個目標，最先要做的就是讓燈子學姊懷著開朗的心情參賽。

後來我們閒聊了一陣子。走出店家之際——

燈子學姊以好像能讓人聽見，又好像不想讓人聽見的嗓音低語：

「你如果想多了解我的事，我隨時都可以說的呀……」

三 由女生製作，為女生打造的燈子學姊宣傳照

我跟石田立刻在社群網路上建立了「燈子學姊的繆思小姐專屬帳號」。

有建立在Tritter、Linstagram、LooksBook、WeTube、KitKot等平台上。

我以推薦人的角度思考了介紹燈子學姊的文案。

接下來只要等美奈學姊她們拍好照片和影片就行。

……正當我這麼想時——

＞（美奈）明天到ＪＲ飯田橋站的東口驗票口，下午一點集合！

這樣的訊息傳了過來。

這段群組訊息不只傳給四名推薦人，石田也在名單之內。

如此這般，我跟石田依照指示來到了ＪＲ飯田橋站。

「優，你知道今天大家聚在一起是要做什麼嗎？」

「不曉得耶。不過八成是『照片拍好了，希望大家一起看看』之類的事情吧？」

然而石田顯得疑惑：

「是嗎？如果是這樣，我覺得在即時通訊平台開群組聊天就夠了耶。」

我也有一樣的想法。

「可是，實際拍攝的人應該會想要直接面對面詢問意見吧，或許也想知道我們看見照片時會有什麼反應之類的。」

我這麼回答。

「嗯，或許吧。」石田也就這樣暫且同意。

這時我的手機震動了。

接起來才知道是美奈學姊打的電話。

「我們在對面的馬路上，出來吧。」她只說了這麼一句話就掛斷了。

我們走到驗票口前面的目白通。

道路對面停著兩輛車子。

其中一輛裡頭是美奈學姊和麻奈實學姊，另一輛則是一美學姊和燈子學姊。

「什麼嘛，一美學姊她們也是開車來喔？既然這樣，順便載我們一起過來不就好了？」

石田如此表示，我於是稍微哄了他一下：

「應該是她們有想要單獨談談的事情吧？不然就是中途有想繞去什麼地方之類的。」

美奈學姊在對我們招手。

我們跨越馬路，靠近美奈學姊的車子。

「目的地就在附近。不過你們先上車再說吧。」

聽美奈學姊這麼一說，我跟石田便坐進她車子的後座。

「要去哪裡呢？」

「很快就到了。」

美奈學姊如此回應我的問題，沒多久又講了一聲：「我們到嘍。」

我看了一眼，注意到那是細長的五層樓華廈。

美奈學姊在華廈前面停車，然後指向後車廂的位置。

「我要去停車場停車，一色和石田先去搬行李吧。一美的車裡也有行李，麻煩你們也去搬一下。」

我們兩人把幾個瓦楞紙箱和大紙袋從美奈學姊和一美學姊的車上搬下來。看來裡面裝的是衣服和包包那類的物品。

一美學姊的車子後座也有擺放行李。或許就是因為行李有這麼多，才沒辦法載我們吧。

我們把行李搬下車的時候，麻奈實學姊似乎進去大廈裡辦理手續。

過了一陣子，她走出大廈之後——

「那你們可以搬一下東西嗎？目的地在二樓。我和燈子就在這裡幫忙顧行李嘍。」

就用大姆指指向後方，對我們下達指示。

「所以是叫我們過來當搬運工就對了。」

我跟如此抱怨的石田一起搬運行李。

門口標示著「White Doll攝影棚」這樣的文字。

「原來如此，是攝影棚啊。」

看見門上標示的文字，石田如此低語。

「攝影棚？所以是攝影師之類的人會用的攝影棚嗎？」

我這麼一問，石田就邊放下行李邊回我：

「對，那種人也會來用。不過這裡應該沒那麼拘謹，是一般人也能租用的攝影棚吧。」

「跟常見的兒童攝影棚不一樣嗎？」

「不太一樣，不過或許可以當成那種攝影棚的大人版來看。這是Cosplayer會用的攝影棚喔。」

「所謂的Cosplayer，就是會在Comiket之類的活動扮裝的人吧？」

「你說的那種是在活動場合，大規模地在室外活動的人。來這裡的人呢，則是在日常生活中以角色扮演為樂，會將拍好的照片上傳社群網路喔。」

「哦～～」

我一直以為那種照片都是在自己房間裡頭拍的。

「這種地方的裝潢、背景、小道具那些都滿講究的。找個功力不錯的攝影師來拍，就能拍出很棒的照片喔。」

後來我們來回兩趟，將所有的行李都移動到攝影棚前面。
同一時間，在停車場停好車的美奈學姊和一美學姊也回來了。
「那我們進去吧。」
麻奈實學姊這麼說而把門打開。
室內至少有二十張榻榻米那麼大吧。
可以看見最裡頭有梳妝台和掛衣架。
裡頭有兩個房間，一間以黑色為基礎色調，另一間則是以明亮的白色為基礎色調。
除了各種攝影用的小器具，也有較為專業的攝影用燈光以及ＬＥＤ環狀燈。
麻奈實學姊在梳妝台前放置遮擋用的屏風，讓我們無法從這裡看見裡面的情形。
她們想必會在那邊換衣服之類的吧。
我望向另一側的白色房間。
那裡甚至有一張彷彿貴族千金在坐的沙發床。
有這種擺設的話，確實是既能拍出可愛的照片，也能拍出高雅的照片。
我往對面一看，發覺有個像是用來收納物品的空間。
可是那裡什麼東西也沒放，只用藍色的燈光照亮內部。
「這是幹嘛的？」
石田也靠近過來窺探。按下附近的開關後，燈光就變成紅色的了。

「我也不太懂，不過從燈光能變色這點來看，應該是想在背景增加特殊效果時就會用的吧。」

「原來如此，畢竟這個房間只有白色跟黑色的背景能拍。用這個的話就能弄出紅色、藍色、紫色的背景了吧。」

「是啊。不過這裡的大小沒辦法拍全身，應該只能拍上半身特寫就是了。」

正當我們聊著這些話時，女生群似乎準備好了衣裝而走出來。

燈子學姊身穿袖子遮住肩膀的高領黑色上衣，下半身則是米色寬褲，手上拿著好像是名牌的包包。

「那我要拍照嘍。」

美奈學姊如此表示，和麻奈實學姊一起用手機拍起照來。

看見這種情形的石田又碎碎唸：

「攝影器材是手機喔？用正統的單眼數位相機來拍會比較好吧。」

我也有一樣的想法，可是這年頭一般人根本不會有什麼單眼數位相機吧。

「不過最近的手機照相App性能很好，可以做出各種調整或者加上特效，應該也不錯吧？」

「聽你這麼一說是滿有道理的啦……」

石田欲言又止，話說得含糊不清。

燈子學姊後來接連換上了「有白色圓點圖案的黑底連身洋裝，搭配米色外套」、「深紫色七分袖罩衫，搭配緊緻貼身的牛仔褲」、「棕色格紋的吊帶連身裙，搭配輕薄的米色開襟衫」等各式各樣的衣著，擺出各種姿勢。

手扠腰的模特兒站姿、一手抓起外套掛在肩上，走路有風的姿勢、用手按著長髮，望向遠方的姿勢……

美奈學姊和麻奈實學姊接連拍攝那樣的燈子學姊。

我跟石田在拍攝期間聽從美奈學姊和麻奈實學姊的指示，做著調整燈光位置、光線強度這類輔助性質的工作。

「嗯，拍得非常帥！我真是天才！」

美奈學姊和麻奈實學姊看著拍好的照片，如此自賣自誇。

聽見她們那麼說的燈子學姊向我靠過來，小小聲地問我：

「以一色的角度來看覺得如何？」

「很棒喔，我覺得很適合燈子學姊。」

我只能這樣回覆。

我也不是在說謊。

事實上，燈子學姊穿上哪一套服裝都很適合。

而且她每個姿勢擺起來都很俐落，十分帥氣。

感覺就像是從女性時尚雜誌中走出來的。

該說真不愧是當過讀者模特兒的人嗎？

可是呢……嗯，就真的是給人一種「時尚模特兒」的感覺。

以我來看，我覺得更加強調燈子學姊自然散發的可愛特質會比較好。

無論是背景為白色的房間，抑或歌德風的黑色房間，應該都能將燈子學姊沉穩且充滿知性的美貌拍成很好看的照片。

像是她手拿一朵玫瑰，帶點憂鬱低下頭的神情，甚至讓人想要放進畫框裡頭當成擺飾。

她們最後將照片傳進筆記型電腦，讓大家一起確認。

「你們看，成果很好對不對？也有好好拍出燈子本身的魅力！這樣的照片鐵定適合傳到社群網路。」

美奈學姊一臉滿足地這麼說。

「真的耶，這樣仔細打量，就會覺得燈子確實是個美女，好像專業模特兒一樣，讓人好憧憬喔。」

麻奈實學姊似乎也滿開心的。

畢竟燈子學姊確實當過讀者模特兒。

「燈子本身的底子的確很好，不過帶過來的衣裝也都很有品味，真有兩把刷子。」

美奈學姊同樣附和似的這麼說。

「喂喂喂，怎麼可以忽略攝影師的功力呢！」

就這樣，三位女生滿足似的互相述說感想。

燈子學姊自己應該也覺得滿不錯的，表情顯得相當開朗。

可是……我果然還是覺得有點不對勁。

拍攝結束後，四位女生好像要去購物&女生聚會。

而我和石田則像來時那樣，兩人一起搭電車回家去。

我決定把拍攝期間心裡一直很糾結的事說出口，詢問石田。

「我說啊，石田，燈子學姊今天的那些照片你覺得怎樣？」

「什麼怎樣？」

「我不太會形容……可是真的有美奈學姊她們說的那麼好嗎？」

石田一臉難色，兩手環胸。

「我是覺得拍得不差，那些照片確實有拍出燈子學姊的風格……但總感覺好像少了一味。」

「你果然也這麼想？」

「是啊。雖然沒辦法直接指出哪裡不好，但就是覺得有哪裡不太對勁。」

「我也一直都有這樣的想法。照片拍得很好，燈子學姊也很漂亮，不過感覺真的就是『時尚雜誌的模特兒』，有種無機物的感覺啊。」

我們兩人不禁深思了一陣子。

選美比賽是這樣比的嗎？

我本來想像的是更熱鬧、更奔放一點的感覺。

「無論如何，現在也只能先這樣了。畢竟都決定好讓美奈學姊她們負責攝影啦。」

石田這麼說之後，我也只能說聲：「說得也對。」

當天晚上，美奈學姊以電子郵件傳來要放上社群網路的六張照片。

應該是她們討論後決定的照片吧。

每一張都有表現出「燈子學姊的帥氣」。

對……甚至「帥過頭了」。

後來過了幾天，我跟石田又被叫了出去。

這次是說要拍影片。

我們去了台場、東京國際展示場、葛西臨海公園這三個地方。

燈子學姊身上所穿的，果然還是具有成熟氛圍，既雅致又優美的服裝。

姿勢、走路方式、回眸的姿態。

她的舉手投足都演出了「完美的成熟女性」。

然而……那跟我感受到的「燈子學姊的魅力」並不相同。

我先從最常見的Linstagram、Tritter、WeTube帳號開始處理。

Linstagram和Tritter的追蹤數第一天就將近千人，三天超過了三千。

我們大學的學生人數約有一萬八千人，這樣就超過了六分之一。

不過這也只是一般的社群網路，沒辦法準確看出到底有多少追蹤者是實際上會投票的學生，只能大略估算受歡迎的程度。

我又一次體會到燈子學姊有多麼受歡迎、多麼受人矚目。

「如何？我的攝影功力不是蓋的吧？很了不起對不對？」

看著這樣的結果，美奈學姊自豪地這麼說。

今天我們也召集了推薦人，以及大一的女生群主力到大學裡聚在一起。

（燈子學姊本人好像有家教打工，所以沒來參加。）

「真的耶，我之前都不知道美奈有這種才華，好厲害喔。」

麻奈實學姊這麼捧她之後——

「說的沒錯。美奈學姊，妳這樣可以當職業攝影師嘍。」

綾香跟著附和。

「對啊對啊，這根本就是職業級的。我也想找時間請美奈學姊拍拍看。」

有里也跟著一起往上捧。

聽見她們那麼說，美奈學姊更加驕傲自滿了：

「對吧～～我就知道～～其實我心裡也是很有自信的！我是不是不必去求職，以專業攝影師為目標就好了呢？」

然後她把手搭到我的肩上：

「是說，一色也覺得燈子的照片交給我拍是對的吧？」

這麼問我。

「嗯，是啊。」

她似乎並不中意我這樣的回應。

「你這是怎樣？回得有氣無力的。難不成有什麼不滿意的地方？」

看來我對她的好心情潑了冷水。

不過我指著今天的數據增加情形這麼說：

「我並不是覺得不滿意。只是跟昨天為止的三天期間相比，今天的數據真的沒什麼起色。都已經過了中午，卻只增加一百多而已。」

對於我這番話，麻奈實學姊加以解釋：

「這是理所當然的吧？追蹤數本來就是一開始才會飆高啊。社團協議會網站也是從第二天才開始介紹燈子的社群網路，又不可能每天都像之前那樣人數狂升。」

「這麼說是沒錯……可是數據最好的的龍膽朱音已經有六千人追蹤。而排第二的雖然是果憐，但連她都有四千人追蹤了。」

聽見我這番話，美奈學姊明確地擺出不滿似的神情。

「龍膽和果憐不是最一開始就表明要參加繆思小姐了嗎？況且她們老早就開設了社群網路，不能拿來跟這週起步的燈子比較啊。」

麻奈實學姊也贊同她的意見：

「對啊。反而是燈子厲害得多，只花三天就可以追到這種地步。」

「我也這麼覺得。一色，是你想太多了。」綾香這麼說。

「對對對，你的想法要更樂觀一點。」有里這麼答腔。

這時一直默默聽著我們說話的一美學姊開了口：

「這種狀況，也可以當成是一開始那三天的追蹤數暴增過頭而已。要不然，再過個三天就能追過排第一的龍膽朱音了吧？我覺得事情無論如何都不會那麼簡單，目前就先觀察一陣子吧。」

我默默地聽著一美學姊所說的話。

心中卻仍有著無法完全釋懷的情緒。

四　果憐接近

開啟新年度的四月一日，也就是大學的入學典禮。

這天同時也有可說是社團活動中最重要的一環，亦即「招攬新生加入」的活動。

雖說新生不是在當天就會決定要加入什麼社團，不過有在入學典禮拉人的團體一定會給人留下深刻的印象。

而且只要有一個人加入，那個人身邊八成就會有幾個人一起加入。

所以呢，我們同好會全體出動，進行宣傳還有招攬新生。

我跟石田站在一起發傳單給新生。

「我們是活動系的『和睦融融』同好會，很開心的喔，要來我們這邊玩啊！」

「這張傳單上的日期有我們同好會的說明會。當天也有個餐敘，新生不必付參加費，來露個臉吧。」

對於女生則加上了這句話：

「我們雖然是活動系，但原本是以戶外活動為主，不是可疑的同好會，所以可以放心。女性成員也很多喔。」

至於對表現出興趣的人，會再加上這句必勝台詞。

「我們同好會啊，有很多輕學（可以輕鬆拿到的學分簡稱）情報。加入的話，就可以看到那些資訊喔。」

「我們還有八年份的各學院考古題之類的，收集得這麼齊全的只有我們同好會而已。」

就是以這樣的調調，不怕丟臉又沒有節操地招攬新生。

不過比起任何宣傳用詞，更能吸引新生加入的果然還是燈子學姊。

她只是說一句：「我們是『和睦融融』同好會，參考看看喔。」並遞出傳單，就讓申請加入的名簿填得愈來愈滿。

可以說有許多人就是為了拿到燈子學姊手上的傳單才去排隊的，營造出只有燈子學姊周遭聚集一大堆人的情況。

從燈子學姊手上拿到傳單的男生興高采烈地向其他男生炫耀。

也有人已經從我們手上拿到了傳單，還特地跑去燈子學姊那邊再拿一張。

看見那種情形，石田向我搭話：

「大家真的有夠喜歡燈子學姊耶。」

「是啊。」

「畢竟她的外貌可是ＳＳＳ級的，男人會聚成一堆也是理所當然的吧。」

「對啊。」

或許是因為我的語氣有點冷淡——

「怎麼了，優？你心情不好嗎？」

石田這麼問我。

「沒有啊。還不到心情不好的地步啦。」

……我只是覺得有點沒勁罷了。

石田賊笑了一下，把手放到我肩膀上。

「別吃醋別吃醋，我們兩個去年也跟那些人一樣啊。」

「就說不是那樣了嘛。我怎麼可能因為那點小事就吃醋？」

對啊，我才不會嫉妒連認識都不認識的新生。

我只是不曉得為什麼，覺得有點不是滋味而已。

「是說，今年的女生也很多啊。」

石田將視線移往新生們的隊列，一邊改變話題：

「唉～～到頭來我去年還是沒交到女朋友。明明就有這麼多女生。」

「畢竟女生很多不代表就能交到女朋友啊。」

「你這句話聽起來很從容喔，優？不過你去年本來就是速速交到女朋友了嘛，也速速被對方劈腿就是了。」

「你要挖苦我這個？別讓我想起不好的回憶啊。」

「又沒什麼關係。多虧了那種事，你現在跟燈子學姊才有很親近的情誼啊。」

這麼說是沒錯。可是那份「很親近的情誼」與「男女朋友」之間可是有非常高的一道牆壁。

「好，我也要在今年交到女朋友！為了達成目標，今年要瘋狂跑聯誼！」

「你有什麼聯誼的門路嗎？」

「總之要先跟女子大學的女生打好關係！反正接下來會去女子大學拉人嘛。那就是我的第一個機會。」

這傢伙比起招攬新生加入同好會，更想要鎖定一個目標去進攻啊。

「說起這個倒是讓我想到，我們好像不用去別間大學拉人喔。」

「咦？為什麼啊！」

石田露出看似相當驚訝的神情，這副模樣或許就是「鴿子被玩具槍打中般的表情」吧。

「一美學姊有說『繆思小姐的推薦人要全心全意在燈子的社群網路上做宣傳』。」

「唔呃。然而仔細一想，我又沒有包含在推薦人裡頭。」

「石田也算是推薦人吧，不是有加進ＭＩＮＥ的群組嗎？」

我臉上浮現有點壞心眼的笑容。

「可惡～～我本來還想說要去吸個女子大學的空氣來回復ＨＰ（生命值）耶。既然如此，我要從今年的新生找個可愛的女孩子。啊，妳們要不要加入同好會？我們是很健康的活動系同好會，也會進行戶外活動那些……」

石田馬上跑去找了兩個走在一起的女性新生搭話。

他轉換心情的速度還真快。

招攬新生的事情結束後，我到會議室確認燈子學姊社群網路的追蹤人數和「按讚」的數量。

這間大學只要有事先申請，就能暫時借用空教室和會議室等處。

現在這種剛進入四月，還沒開始上課的時期，照理來說很容易借到空教室。不過其他的社團或同好會也會去借，所以要能確實借到教室或會議室倒也沒那麼容易。

今天運氣滿好的，借到了大小適中的會議室。

我把數據統整到Excel之後，房門剛好打開，燈子學姊、一美學姊、美奈學姊、麻奈實學姊走了進來。

「哦，真是稀奇。只有一色你一個人？」

一美學姊對我這麼說。

「我也不會時時刻刻都跟石田待在一起。他今天去買東西了。」

石田去的地方是秋葉原的漫畫、同人誌專賣店。

好像是有幾本他喜歡的漫畫跟輕小說發售了，所以他才跑去買。

不過我沒必要對大家解釋得那麼仔細。

「這樣啊。那我們立刻開始今天的討論吧？」

聽了一美學姊這番話，美奈學姊便述說自己的意見：

「了解！我想說下次拍攝要去惠比壽花園或東京鐵塔那一帶。是說燈子，春季氛圍的衣服穿怎樣的比較好？」

「嗯～～我想想。春裝我算是滿齊全的……」

「有這種感覺的嗎？春季的長版開襟外套，搭上輕薄的黑色蕾絲長裙之類……」

美奈學姊翻開她帶來的時尚雜誌。

我的目光掃過雜誌頁面，上頭刊登的果然是年齡層感覺偏高的服裝。

「雖然沒有這種黑色蕾絲長裙，但我有輕薄的黑色寬褲喔。」

燈子學姊如此回應，但表情看起來有點煩躁。

「那個，我有些話想說……」

我不禁開了口。

或許是因為太唐突，大家同時看向我這裡。

「要不要試著改變一下燈子學姊服裝的氛圍呢？畢竟之前拍的照片好像有點過於沉著，色調偏暗的衣服還滿多的。」

「沒問題啦。這次要拍的是春裝，我有打算加進粉彩色的衣物。」

美奈學姊以「肯定行得通」的口氣回應。

「不，我不是那個意思。只是覺得可能有點沉穩過了頭，Linstagram的照片也一整個很有時尚雜誌的感覺。」

「那樣不是很好嗎？畢竟燈子給人的印象就該是『冰山美女』，就是要拍出配得上『真正的校園女王』名號，大家看了都會覺得『好帥』、『好美，令人憧憬！』的照片才對。而且追蹤數也一直有在增加啊。」

「所謂追蹤數的增加也有問題。請看一下這個表格。」

我對著女生群，將筆記型電腦的畫面轉向她們。

「Linstagram和Tritter的追蹤數，到了四月才好不容易增加到三千五百，跟一開始的三千相比只增加了五百上下。」

大家窺視起螢幕。

一美學姊開口：

「龍膽朱音和果憐的追蹤數如何？」

「她們也一樣，都增加了五百人下下。龍膽現在是六千五，果憐是四千五。」

聽了我這番話，美奈學姊出聲：

「那就代表沒問題不是嗎？大家都一樣只增加五百吧？我想現在就是追蹤數不易增加的時期嘍。」

「可是只增加一樣的數量，就沒辦法縮短跟龍膽朱音還有果憐之間的差距了吧。我覺得這樣不行，畢竟排第四以下的人當中也有人增加了一千以上的追蹤數。」

麻奈實學姊擺出稍作思考的表情，看向燈子學姊。

「燈子覺得呢？我覺得這種時候重要的是妳的想法。」

然而燈子學姊卻將視線往下別開。

「問我的話……我其實沒有特別想往哪個方向進行……但我知道美奈拚命地在幫我，也覺得她有為我思考在她心目中最適合我的服裝和照片……」

我看著燈子學姊。

不曉得她的真心話是怎樣的呢？

燈子學姊以前曾說「當讀者模特兒時，老是穿著雅致又有成熟氛圍的衣服」。

當時她並非對那樣的情況表達不滿，但她難道不是想穿點感覺更不一樣的衣服嗎？

「一色是想說我規劃的服裝跟照片行不通嗎？」

美奈學姊不滿似的嘛起嘴巴。

「不，倒不是說行不通……但我覺得既然追蹤數增加的速度變慢，換個形象或許會比較好。」

我們五人籠罩在沉默之中。

打破這片沉默的是一美學姊。

「目前這個階段，還沒辦法判斷是不是目前走的方向不好。畢竟現在有新生加入了，追蹤人數那些說不定會在這時候一口氣增加喔。我們就維持現狀觀察一陣子吧。」

這天的討論就這樣結束了。

三天後的下午——

因為大學的選修課程還沒決定好，現在對我來說是空閒時間。

我在學餐的角落打開筆記型電腦。

……進入四月以後，燈子學姊的追蹤數果然依舊增加得很慢……

我將同樣從網路上抓取的龍膽朱音、果憐，以及其他候選人的「追蹤人數每日增加數」拿來比較。

這些全部都是我用程式在深夜自動抓取的數據。

看了那些數據後……我發覺比起燈子學姊增加的追蹤人數，龍膽朱音和果憐增加得稍微多了一點。

雖說增加的追蹤者有部分是新生，可是每個候選人的競爭條件應該都一樣……

我們目前走的方向果然不夠好吧？

「你待在這種角落一臉難色是怎樣啊？」

由於對我發話的這聲太過突然，我嚇得抬起臉來。

果憐就站在我身邊。

我急忙關掉統計結果的Excel檔。

「在學餐角落一臉陰沉地躲著，簡直就像隻蟑螂。」

「我又沒有在躲。把人說成蟑螂也太難聽了吧？」

再怎麼說我好歹都是妳的前男友，有人會把前男友叫成蟑螂嗎？

「要說一個人待在餐廳的陰暗角落，還有什麼更好的比喻嗎？」

果憐這麼說著，一邊在我身旁坐下來。

但她這樣說穿了就是在妨礙我做正事。

「喂，妳不是討厭角落嗎？像平常一樣去更顯眼的窗邊坐著啊。」

果憐在學餐也很喜歡待在人稱「戀人專用席」的窗邊圓桌座位。

我抬起下巴，示意她過去那邊。

「有個陰沉的傢伙待在學餐角落，就讓我很好奇是在做什麼嘛～」

「我什麼都沒在做。我跟妳不一樣，喜歡這種沒什麼人會注意到的地方。明亮的地方會讓螢幕反光不容易看，而且待在這裡還有梁柱的陰影，想睡的話隨時都能睡一覺啊。」

然而果憐露出好像要捉弄人的笑容，指起了螢幕。

「你說什麼都沒在做？剛才打開的是繆思小姐候選人的資料吧。而且我一來你就急忙掩飾，有夠形跡可疑的～」

可惡，被這傢伙看到啦。她到底看了多少內容？

「就算你不做這種形跡可疑的行為，我還是會跟你說說我知道的事呀。來來來，你就光明正大地問問本尊吧？」

果憐像是在戲弄我一樣地吐出這種話。

這傢伙，完全就是在取笑我嘛。

「我沒什麼事情想問妳的。」

「哦～～」

果憐雙眼半開，只有嘴角露出笑意。

「那就由我來猜猜看嘍？其實你現在對燈子在社群網路上走的方向感到疑惑，擔憂照現況進行下去是不是不太好。對不對？」

「！」

我差點就要做出反應，卻還是默默地壓抑住自己了。

我只以眼光窺探果憐的表情。

結果這時我跟她四目交接。

果憐的眼睛像在賊笑一樣地呈現半月形。

「看來是一針見血了。」

「我還沒有到覺得擔憂的地步喔，畢竟符合燈子學妹的魅力目前也在社群網路上充分展現了。」

「是喔～～」

果憐賊笑的表情更加明顯了。

「可是你剛才在看的，不就是候選人的追蹤數之類的東西？看你整個人面有難色地緊盯著看。這也情有可原啦，畢竟大家都在說追蹤數與按讚數就跟繆思小姐的得票數成正比呢。」

為了掩飾內心的動搖，我把臉從果憐面前移開。

「果憐的追蹤數增加狀況也差不多吧。」

「如果增加的狀況差不多，就沒辦法追上一開始就在宣傳的我跟龍膽朱音了吧？」

這傢伙，居然接二連三說出我心裡在想的事情……

「而且維持現況的話，以後的差距不就會拉得更大？畢竟其他候選人好像也要追上來了。」

「妳這話是什麼意思？」

我重新面對果憐之後，這次換她面向一旁。

「不曉得耶～～是什麼意思呢？」

「妳有什麼妙計之類的嗎？」

「妙計？現在這個階段就算有什麼妙計也沒意義吧？而且有又怎樣，我沒必要連自己的作戰計畫都告訴對手吧？」

果憐維持面向一旁的姿勢閉上眼睛，臉上浮現別有深意的笑容。

而我莫名地覺得果憐她那番話不太對勁。

可是這個時候的我，對果憐這充滿自信的態度覺得很不爽。

「沒關係，我也沒打算叫妳告訴我。再見了。」

我這麼說著，打算闔掉筆記型電腦離開這裡。

結果果憐或許是感到意外，她目瞪口呆之後慌慌張張抓住我的手臂。

「等一下啦，你別這麼急嘛。我們才剛開始講沒多久耶。」

「跟果憐講話也只是浪費時間吧。妳剛才明明就說『如果是知道的事情就能透露』，結果馬上又補了一句『沒必要連作戰計畫都講出來』耶。我沒必要陪妳耍猴戲。」

「你也太急性子了吧～」

果憐傻眼似的這麼說。

「先等一下啦。我又不是連提示都不願意告訴你。」

我對她這番話抱持疑問。

這傢伙到底在打什麼算盤啊？

對果憐來說，給我提示代表著什麼？

我覺得對果憐來說一點好處也沒有啊？

「你啊，覺得燈子的魅力在哪？」

「燈子學姊的魅力？」

我不禁開始想像。

「我想……應該是她的一切吧。」

「唉，你在暗爽什麼啊？」

果憐擺出傻眼般的表情。

「還不都是妳問的。」

「我在問你的不是那種事情。我是在問說，以你的角度來看，『燈子的哪個部分最能讓人感受到魅力』。就你會忍不住想對別人講的特質之類的。」

「會忍不住想對別人講的特質？嗯～～平時感覺冷冰冰，卻會因為一點小事就展現可愛一面的個性、看似冷靜，實際上卻有容易慌張的一面、看似不帶感情，其實比任何人都還要關心周遭的人、平常看起來總是理性地採取行動，其實卻很會將心比心……總之啊，只要待在燈子學姊身邊，就能看見她有很多可愛的一面。」

「……前女友就在你面前，你還真有辦法講到這種地步……」

「還不都是妳叫我說的。而且老實說我根本就不想讓其他人知道『燈子學姊可愛的一面』，應該說我希望只有自己知道吧。」

「居然在這種時候『自以為男朋友』！有夠噁！」

「妳這傢伙，是來取笑我的嗎？」

果憐像是要抹除剛才的對話般搖了搖頭。

「既然你是那麼看待燈子的，現在社群網路上的那些照片不就拍錯了嗎？你剛才講的那些全部都沒有反映在照片上啊。」

我說不出話來。

確實如這傢伙所言，我所認為的「燈子學姊的魅力」完全沒有展現在目前的照片和影片上頭。

而且我在意的是……果憐已經確認過燈子學姊的網頁，甚至還準確地說中了我心裡的擔憂。

「那是因為美奈學姊她們負責拍攝……」

「那些照片是同好會管事的那些女人的興趣，這我看得出來。」

「說什麼管事的女人，她們只大我們一屆喔。」

「同好會裡的大三女生就是『管事的女人』啦！重點是……」

果憐繼續說下去：

「燈子的社群網路客群現在完全只有女學生喔，男生都被捨棄了。」

這番話令我為之震撼，因為果憐把我一直以來的感受明確地化作言語。

「你開一下燈子的Linstagram看看。」

我操作剛關到一半的筆記型電腦，以瀏覽器開啟燈子學姊的Linstagram頁面。

果憐指向顯示出來的燈子學姊的照片。

「燈子她啊，確實被拍得很帥，服裝的品味也不錯。可是這樣就變成衣服廣告了吧？」

聽她這麼一說，我也「啊！」了一下，恍然大悟。

對啊，時尚雜誌風格的照片讓人覺得不對勁的原因，就是「比起人物，更重要的是展現衣裝」這點。

所以這張照片即使有表現出「燈子學姊的服裝品味很好」，也沒辦法表現出「燈子學姊本身的魅力」。

至於攝影角度多半是全身照或腰部以上的照片居多。

表情也不生動。

「你打開我Linstagram的頁面看看。」

我依照果憐所言，打開她的頁面。

頁面裡羅列的是果憐充滿笑容的許多照片。

照片本身就很生動，想必會讓人對「果憐這個人」產生興趣。

「怎麼樣，這種照片才會讓人聯想到人物的背景故事吧？」

的確如她所說，「果憐那天做了些什麼」、「是不是吃了什麼東西覺得很美味」有切切實實地傳達出來。

可以說就像果憐講的，照片本身就有故事。該說她真不愧是文學院的嗎？

「的確呢……拍得很可愛。」

我不禁說出這種真心話，同時也捲動著果憐的頁面。

雖說我有用程式自動抓取各個候選人的追蹤數和「按讚」的數量，卻沒有這麼認真地看過每個人的頁面。

注意到果憐忽然一聲不吭後，我看向一旁，發覺她臉蛋有點紅地看著我。

這傢伙是怎樣，難不成在害羞？

目光跟我對上的果憐慌張似的開口：

「那、那還用說？這可是本小姐的照片耶。就算拿我的照片跟那種好像在拍活動假人一樣的照片來比，我也不會高興！」

「好好好。」

我這麼說著，目光停留在一張照片上。

那是穿著白色T恤的果憐在浴室裡直接被蓮蓬頭淋濕，透出粉紅色胸罩的照片。

貼文寫著：「清掃浴室到一半，一不小心就弄得全身濕透！」文字旁邊還很細心地加上了「俏皮吐舌」的表情符號。

仔細一看，除此之外也有幾張有點煽情的照片。

有「買了新泳裝，好期待夏天喔。」「這件吊帶背心很可愛吧？」「一個人開睡衣派對」等。

我仔細觀察，發現她遞出可麗餅的那張照片中，罩衫的胸口部位大幅度地敞開。可以窺見她胸部的肌膚，看見衣服很裡面的部分。重點是好像還沒有穿胸罩。

「妳啊，拍照片的時候，再多小心一點應該比較好吧。像這張照片要是再多露一點，就會讓人看見不該看的地方嘍。」

不過果憐對我這番話只是嗤之以鼻。

「你怎麼說這種跟高中處男一樣的話？這種照片當然是刻意拍出來的啊。這是經過算計的，算計。」

「妳拍這個，是刻意給人看的？」

「對啊，這種有點煽情的照片會抓住男學生的心。而且我也有貼好胸貼，不會讓人看見不該看的。」

「那妳這張『被蓮蓬頭淋濕透出胸罩的照片』也是經過算計的？」

「當然啊。不然有誰會在掃浴室的途中拿著手機？」

聽她這麼一說還真的有道理……

面對啞口無言的我，果憐擺出好像在誇耀自己得勝的表情這麼說：

「像這種『女生看起來沒想太多，卻湊巧拍出若隱若現的照片』不是會讓男生心花怒放嗎？把這種照片也加進去，追蹤我的男生就會每天都想看我的頁面，按『讚』數也會一直增加喔。」

「妳、妳心機也太重了吧……」

想到自己以前是跟這個女人交往，就讓我又一次背脊發涼。

「啥？你在說什麼鬼話啊？這點小技倆每個人都在做啦。如果這點小事就會讓你驚訝，你們可是撐不到最後的喔。畢竟就連我都有在考慮加入角色扮演之類的照片了。」

我真的處於「完全無法吭聲的狀態」。而果憐又像是要乘勝追擊般地放話：

「懂了沒？如同劣質時尚雜誌的那種照片，無論是誰看了都不會興奮。了不起就是親朋好友的女生們按個『讚』便沒搞頭嘍。」

果憐這麼說著，一邊站起身子，把自己的包包掛到肩上。

我叫住準備離開這裡的果憐：

「先等一下。果憐，妳為什麼要給我這種提示？坐視不管的話對妳比較有利不是嗎？」

結果果憐擺出稍作思考似的動作：

「沒什麼特別的意義啦。對我來說，我希望燈子稍微搗亂一下繆思小姐……最重要的是，我可不想看見那女人在這種時候消失。」

她這麼說完後，看都不看我一眼便離去了。

五　最了解燈子學姊魅力的人，就是我啊！（模仿某部機器人動畫的台詞）

那天晚上，我跟石田一如往常地在國道邊的家庭餐廳相聚。

我們討論的內容是「果憐白天對我說的話」。

「原來如此，果憐說了那種話啊。」

石田大口吃著醃鮪魚蓋飯，這麼說著。

「對。她說『那些照片拍的重點是衣服而不是人』、『像時尚雜誌一樣的照片不會讓男人心花怒放』。」

我吃的是法式吐司。晚餐我在家吃過了，所以點了輕食。

「的確呢。以女性為讀者的時尚雜誌也有許多露出肌膚的照片，但沒聽說過有人會拿來代替A書。」

儘管他舉的例子有些奇怪，但說的沒錯。

模特兒的照片再怎樣都是用來展現衣服的，誠如果憐所言，並非以人為重點。

「所以說，優，這件事你打算明天直接找一美學姊和美奈學姊談判嗎？」

「我有這個打算，而且希望石田你也能推我一把……」

我的語尾顯得沒什麼力道。

老實說，美奈學姊對自己拍的照片那麼有自信，我沒自信能說服她。

「嗯～～即使說『不要以衣服為重，要拍出以人物為中心的照片』應該也沒什麼效果吧，因為美奈學姊應該沒有意識到那點。」

「所以我想提出具體的替代方案。」

「你說的替代方案是什麼？」

「我想的是展現燈子學姊更自然的模樣、平常過生活的樣子那類的。」

「你提這個的話，八成很難讓美奈學姊她們轉變方向喔。畢竟她們就是覺得『一般的照片行不通』。」

「也是呢。美奈學姊一整個覺得自己是備受愛戴的攝影師了。」

見我像是抱頭煩惱般地向桌面低垂上身，石田放下蓋飯問道：

「順便問一下，果憐上傳的是怎樣的照片啊？」

我從包包裡頭拿出平板電腦。

顯示出果憐的Linstagram頁面後再遞給石田。

「哦，真不愧是果憐，拍得很可愛耶。可愛度是不是比本尊多了五成上下啊？」

「她的那些照片當然有特別加工美化過嘍。然而撇除那些，她還是很懂得用照片展現自己。」

「原來如此啊。哦，這張的胸部感覺露很多耶。」

石田大動作向前探出身子。

但他看的是照片，不管身子探得多出來，能看見的範圍都一樣喔。

「那好像也是果憐特別算計的，說是裝成『因為天然呆沒顧慮到，不小心拍出了色色的照片』。」

石田神情訝異地抬起臉來。

「那這張『被水噴濕的T恤露出胸罩』的照片，還有這張『睡褲好像要掉下去，有點露出內褲』的照片，也都是精打細算才稍微裸露的？」

他特地把平板轉向我這邊，有點亢奮地對我這麼說。

「笨蛋！別講得這麼大聲啦，很丟臉耶。」

我把平板推回去給他。

看在他人眼裡，這就只是變態在交談而已。

不過這傢伙眼睛可真利，我沒注意到她穿睡衣那張有露出內褲。

「抱歉。可是就算是刻意拍的……愛拍照上傳Linstagram的女生也太可怕了吧。原來她們一直都有在注意這種地方，絕大多數的男生應該都被騙了吧。」

「果憐說那種照片是家常便飯，現在好像還有考慮加入角色扮演之類的照片。」

「唔唔。話說回來，這張照片展現胸部的構圖，跟我喜歡的遊戲女角上半身特寫一樣耶。」

石田欽佩似的如此碎碎唸。

「無論如何，照現況持續下去只會對我們愈來愈不利。下次開會時我們一定要提出『與目前不同，由我們思考的燈子學姊魅力』才行。」

我這麼說之後，石田又凝視起平板。

「可是啊，就算對燈子學姊說要拍這種『稍微露一點給人看，有點色的照片』，也一定會遭到拒絕吧？一美學姊想必也會反對。」

「這是當然的啊。連我都不希望燈子學姊被貼出那種照片。」

「這樣的話，拍怎樣的照片才好呢……」

我們兩個人不禁深思起來。

這天晚上，我在床鋪裡一個人思考著。

到底要拍怎樣的照片，才能既吸引他人目光又能展現出燈子學姊的魅力？

我腦海裡有個朦朦朧朧的答案。

燈子學姊最大的魅力就是不同於周遭對她的印象，平時無意間的一舉一動還有表情。

偶然展現的神情，不經意的小動作會和她的美貌產生落差，讓人覺得很可愛。

可是要用照片或影片表現出這部分的話……

我下意識地將視線投向桌上。

那裡放著我和燈子學姊去「環繞房總的模擬約會」那時的照片。

自然地笑出來的燈子學姊。她吃著霜淇淋，看起來很滿足的表情。

……那場模擬約會好開心啊……

這個時候，我腦袋突然閃過一個想法。

「對了！就用這招吧！」

我不禁說出這句話。

隔天第四堂課結束後，我前往小間的空教室。

那是可以塞下二十人的空間。與其說是教室，其實感覺比較像會議室。

我跟石田在那裡等待燈子學姊她們到來。

我們進到室內過了約十分鐘，由一美學姊領頭，燈子學姊、美奈學姊、麻奈實學姊進來了。

「啊，你們等很久了嗎？」

一美學姊一進來就這麼說，然後直接坐到位子上。

燈子學姊、美奈學姊、麻奈實學姊也隨後依序坐上由左到右的位子。

我面對燈子學姊，石田則是面對美奈學姊。

「不，我們也才剛到。」

「那麼，一色你們想談的議題是什麼？」

我有事先用群組訊息傳送「明天，我有想先跟大家討論的議題」。

「請先看一下這個。」

我用筆記型電腦顯示出圖表給學姊們看。

「這是將繆思小姐候選人追蹤者增加數統整後的圖表。誠如各位所見，燈子學姊目前排名第三，可是這一個月並沒有跟第一名的龍膽朱音、第二名的果憐縮短差距。如果只看最近這一個星期，更可以說是微微地增加了差距。再加上，第四名以下的候選人也有跟燈子學姊縮短差距。老實說，這點讓我感到十分擔憂，畢竟大家都說追蹤人數跟得票數成正比。」

她們四人都一臉認真地凝視螢幕。

「目前的宣傳戰略『展現帥氣的燈子學姊』這點我覺得滿不錯，可是只把這個當成『燈子學姊的所有魅力』我覺得也不太對。」

我慢慢地環視她們的面容，述說我所感受到的擔憂。

可是聽了我這番話，美奈學姊就露出嫌惡般的表情：

「又在講這個?之前不就說過了，所謂符合燈子的魅力就是配得上『正版城都大學小姐』的冰山美人啊。有嚴重到需要打破這個原則嗎？」

「我並沒有否定燈子學姊的魅力之一是『冰山美人』這點。但我覺得應該也有更發自內心的神情，以及能發揮燈子學姊本身魅力的可愛要素。」

石田順著我這番話接下去：

「目前在社群網路上的照片和影片，感覺就像某個服飾品牌的網站一樣，展示的重點看似放在衣服上頭，而不是燈子學姊。」

「你們對我拍的照片就這麼不滿意？」

美奈學姊的神情表示她真的很難接受，麻奈實學姊於是說了聲「別生氣別生氣」來安撫她。

「我也不是不能理解一色你們所說的事……但不曉得你們具體上想要拍出怎樣的照片。可以舉個例子嗎？像是其他候選人都怎麼做之類的？」

我再次操作電腦。

「舉例來說，果憐的Linstagram頁面是這樣。看來果憐會在照片中加入故事。」

這一瞬間，我覺得燈子學姊的眉毛一下子挑了起來。

不過她馬上又恢復原本平靜的表情。

其他三個女生窺視起螢幕。

「嗯～～果憐傳上去的，是這種照片啊？」

「欸，這張照片，雖然只有大一點點，但她有把眼睛跟眼珠放大吧？那個女生的眼睛又不是長這樣。」

「眼珠應該只是跟眼睛一起擴大了而已吧？」

我這麼一問，美奈學姊就搖搖頭。

「不是不是，眼珠也有放大喔。瞳孔比較大的話看起來比較可愛。這應該不是用修圖的，八成是戴了彩色放大片吧。」

「畢竟眼珠的顏色也有點偏向淡棕色。」

上傳社群網路的照片還真有許多技巧。

不過可以一眼看出那些招數的女生眼力也很猛。

捲動畫面的美奈學姊忽然驚呆似的大喊出聲：

「這什麼鬼？果憐她有傳這種照片喔？內褲都露出來了耶。」

果然會注意到那邊啊。

「這張還刻意給人看乳溝。唔哇～好下流喔，很有那女生的作風。」

麻奈實學姊也同樣擺出厭煩似的神情。

「果憐說加入這種照片，就是為了要吸引男學生的目光。據說這樣能讓追蹤者每天都來看果憐的社群網路。」

這時一美學姊狠狠地瞪著我：

「一色，你是要燈子也這麼做嗎？」

「不是的，怎麼可能要燈子學姊做這種事啊！」

我立刻否定。

「我想說的是『要多拍點男學生也喜歡看的照片』。」

聽我這麼說之後，美奈學姊抬起臉來：

「可是啊，我們大學的女生比較多喔。比起討好男生，把重點放在女生看了會喜歡是理所當然的吧？」

……很順利地讓她們上勾了……

我在心裡竊笑。

我已經設想過美奈學姊她們會問出這種問題。

「的確就如美奈學姊所言，我們的大學在綜合大學中算少見，女生比男生還要多，男女比是四十五對五十五。」

我在這時先停頓了一下，環視她們四人。

「可是以我聽說的狀況來看，女學生好像每四個人就有一個會說自己『反對各種形式的選美比賽』，代表有些女生打從一開始就不會投票。」

我迅速地在白板上寫下「55×0.75＝41.25」這個算式。

「這代表用得票數來思考的話，『相較於男生的45，女生只有41上下而已』。所以我們是不是該重新考量『女學生的人數比較多，重點就該放在女性群眾』這個前提呢？」

我用筆指著算式的同時，再次環視她們的面容徵求同意。

一美學姊、美奈學姊、麻奈實學姊沉默不語。

我講得很得意，但這單純只是辯論用的手法。

實際上，男女想必都有不會對選美比賽投票的人。

所以根本沒辦法知道實際上的票數會怎樣。

不過像這樣舉出數值編造理論，要反駁就很難了。

而且數字本身有著鐵打的依據。

對方要反對的話，就得提出能夠打敗這個數字的依據與理論。

再加上一美學姊和美奈學姊是經濟學院的，以數字來傳達論點應該比較好懂。

「我能理解也需要顧慮到男生了。那麼排名第一的龍膽朱音的社群網路狀況又是怎樣呢？」

美奈學姊會有這種疑問是理所當然的，這方面我也有好好調查過。

「龍膽朱音並沒有像果憐那樣在意男生的目光呢，不過她反而正大光明地刊登了穿內衣褲或泳衣的照片。」

我操作電腦，顯示出龍膽朱音的Linstagram頁面。

「真的耶。她毫不猶豫地貼出穿內衣褲的樣子。」

「正大光明地穿成這樣，就像女性雜誌的內衣廣告一樣了呢。反而沒有下流的感覺。」

我對美奈學姊和麻奈實學姊所說的話表達同意：

「對，其實龍膽朱音好像有接泳衣和內衣廠商的業配。她有發表對於衣物的評論，也附上了廠商的商品頁面連結。」

「這、這我一定不行喔！才不要穿內衣拍！」

一直沉默到剛剛的燈子學姊急忙插嘴。

「這我知道，絕對不會刊登燈子學姊穿內衣的模樣！」

她穿那種衣物的樣子，我想要一個人獨享。

我等待美奈學姊她們把社群網路看完一輪，再繼續發言：

「龍膽朱音沒有像果憐那樣注重男學生的目光，但那是因為她有『蟬聯兩年的城都大學小姐』這樣的頭銜。她打從一開始就受人矚目，易於吸引追蹤者，新生應該也會去看她的頁面。儘管如此，龍膽朱音也跟果憐一樣，會在照片或貼文中連續性地蘊含故事或主題。」

麻奈實學姊看向我這邊：

「所以說，一色覺得燈子的社群網路該怎麼處理才好？你好像從剛才就一直很重視故事性。」

……終於來到這一步啦。

我看向石田，石田也點了點頭，這是「一如預料地搞定了」的意思。

「是有幾個方案。不過第一彈我想先以『與燈子學姊一日約會』為主題上傳照片。」

「『一日約會？』」

美奈學姊和麻奈實學姊同時發聲。

我瞄了燈子學姊一眼，只見她睜大眼睛。

她一定跟我一樣，想起那場「環繞房總的一日約會」了吧。

我就是要在社群網路上重現那種氛圍。

「所以說，具體上是要拍成怎樣的感覺啦？」美奈學姊發話了。

「這個嘛，先從車站的『晨間寒暄』照片開始，接著是教室裡『聽課時的模樣』、學餐裡『一起用餐的燈子學姊』之類的。」

石田接著說下去：

「『從學校回家後繞去咖啡廳』，以及『在卡拉ＯＫ包廂唱歌的燈子學姊』之類的或許也不錯？」

「我要去卡拉ＯＫ唱歌？」

燈子學姊驚訝似的做出反應。

「只是拍個照片罷了。如果真要唱歌也沒關係就是。」石田如此回應。

「可是啊，那種照片真的有辦法引人注目嗎？」

美奈學姊提出疑問。

「我想就是現在做才會引人矚目。如果照之前的方式去拍，男生想必很難對燈子學姊產生親近感。然而要是在這個時候展現冰山美女可愛的一面呢？而且還是日常生活中可愛的一面，這可是會直接抓住男生的心。就是要趁這個時候，在美奈學姊之前打穩的底子上好好發揮！」

我稍微捧了一下美奈學姊。在這個時候說她好話，她應該也比較會贊同我的意見。

「就像優所說的，冰山美女有點草包的感覺不是會很萌嗎？」

石田這番話又讓燈子學姊有所反應。

「等一下！草包是什麼意思啊！是要拍我那種奇怪的模樣，傳到網路上嗎？」

我急忙代替他辯解。

「不不不，石田並不是那種意思，他指的是『有點可愛的失敗』那種程度。」

燈子學姊似乎同意了我的說法，卻又狐疑地看著石田。

石田偶爾會不看氣氛就亂說話，真危險、真危險。

對著那樣的燈子學姊，美奈學姊發問：

「燈子覺得呢？我想最後還是要看妳的判斷。」

被她這麼一問，燈子學姊露出帶點不安的神情：

「咦？其實我覺得照目前的方向也沒關係呀……」

……美奈學姊，這時去問燈子學姊也太犯規了吧……

燈子學姊懂得判別局勢，但也不會疏於顧慮朋友。

這時她要是講說「我的方案比較好」，便像是在說美奈學姊之前的做法全都不對。

燈子學姊一定不會說出那種話的。

即使她的真心話是「想要拍成更有可愛感的照片」也一樣……

這就是我該助她一臂之力的時候了。

「美奈學姊，燈子學姊覺得美奈學姊的照片拍得很好喔，所以她直到現在都沒說過半句不滿意呀。但我的提案是想要拍攝多一點『以不同的視角出發，顧慮到男學生的照片』，也就是與帥氣有落差的可愛感。」

大家儘管沉默，氣氛卻有所改變了。看來我說服美奈學姊的這番話有奏效。

燈子學姊露出鬆了一口氣的表情。

隔了一陣子，一美學姊開了口：

「一色，謝謝你這段熱情的說明。你所說的話確實有道理。」

我鬆了一口氣。這下應該就能改變方向了吧。

不過一美學姊說出口的答覆並非如此：

「儘管如此，這也不代表之前的方向是失敗的，畢竟確實有拍出成果。那麼這樣如何呢？接下來照美奈之前的方向進行，至於一色所說的具有故事性的照片也一起上傳。兩種照片都加上主題標籤，容易區分就行了。具有故事性的照片就交給一色跟石田來負責，這樣可以吧？」

「我沒有異議。」

我如此回答。畢竟我自己也想過，照那種雙管齊下的路線進行就可以了。

「說的也是。這樣或許可以同時對男女雙方展開攻勢。」美奈學姊這麼說。

「畢竟一色所說的『蘊含故事』的照片好像也滿有趣的。」麻奈實學姊如此附和。

「就交～給我吧！我們會想出有夠萌，萌到不行的照片跟故事喔！」

石田饒富興致，開心地這麼說。

聽見他那番話的燈子學姊低語了一句：

「由石田的嘴說出口，我只會覺得擔憂耶……」

如此這般，獲准實行「在社群網路上展現可愛的燈子學姊大作戰」的我跟石田，立刻著手準備攝影。

首先是「與燈子學姊的一日模擬約會」方案。

我已經想好劇本了。

而且……我還有一件必須在拍攝前做好的事情。

拍攝前一晚，我打了電話給石田。

「不好意思，明天的拍攝交給我一個人處理吧。」

「啥？為什麼啊？兩個人拍會有比較多的快門時機，事後也可以挑選拍得比較好的角度吧？」

石田，你說的確實沒錯。

但我可不想放過能跟燈子學姊獨處的好機會。

就算會被叫成叛徒也一樣……

「燈子學姊被兩個人拿相機對著會緊張吧，她可是很容易害羞的。我覺得先由我一個人來拍比較好。」

我流暢地說出事前準備好的藉口。

「你講這個只是場面話吧。其實你是想跟燈子學姊獨處，覺得我很礙事，對吧？」

唔……果然被看穿啦……

「拿你沒辦法耶，就當你欠我一次吧。到時我吃印度咖哩跟拉麵都要給你請喔。」

石田舉出了大學附近有許多人光顧的正宗印度咖哩，還有因為薑的辣味很帶勁而十分知名的拉麵店名稱。

不過那跟我和燈子學姊獨處的時光相比可是相當便宜。

「那麼，你明天就好好加油吧。」

石田這麼說完後便掛斷電話。

謝啦，石田！

這樣就完成一個任務了。

事情就這樣，演變成我今天幾乎一整天都會跟燈子學姊待在一起的狀況。

首先是早上。由於是男女朋友這種設定，要從「兩個人一起去學校」的場面開始。

我從最靠近家裡的幕張站搭乘電車，先在船橋站下了車。

一開始我打算去離燈子學姊家最近的新檢見川站，可是燈子學姊反對這點。

「要是一色跑來新檢見川，不就跟去大學是反方向了嗎？你不需要特地做到那種地步喔。」

「沒問題的，不過一站而已。」

「這樣不好喔。而且照片會傳到Tritter或Linstagram上面，看到的人不就會知道最靠近我家的是哪一站了嗎？畢竟不曉得有誰在看那些照片，我不太喜歡那樣。」

燈子學姊擔憂似的這麼說。

聽她這麼說，我才恍然大悟。

是說既然由我負責宣傳，就該在當事人開口前先察覺到這種事情。

無論是誰，要是自己的個人資訊在非自願的狀況下洩漏出去，都會覺得討厭且擔憂的。

更何況燈子學姊是女性，對於她的個人資訊，理應多多注意再注意。

由於大學名稱公諸在外，在哪個車站下車想必是無法避免的公開資訊，但我們得多加小心不讓她的住家地點被人發覺。

「不好意思，是我思慮不足。那『早上一起去上學的照片』就別拍了吧。」

「沒有必要連拍都不拍喔。在其他車站拍就可以了吧?比方說途中會經過,很多人上下車的車站。」

「說的也是。這樣的話,我們挑在船橋站那一帶如何?畢竟那裡也是轉去其他路線的中繼站。」

「不錯耶。那我們明天早上,就在船橋站的各站停車月台最前面會合。」

如此這般,攝影場所換成途中會經過的船橋站了。

我走到上行這側的月台最前面,發覺燈子學姊已經在等我。

在朝陽之下靜靜站著的燈子學姊。

她的長髮靜靜地隨風拂動……而她等待的人就是我。

我就這樣看著她一陣子,她那樣的姿態讓我看得入迷。

就像我高中時期,看見她身影的那個時候一樣。

「早安啊,一色。」

幾秒後,察覺我到來的燈子學姊帶著笑容向我發話。

「早、早安,燈子學姊。」

我回到現實世界,慌忙地回應她。

「你怎麼了?好像在想什麼事情的樣子。」

「沒、沒什麼，那不太重要。是說我很不好意思，好像讓學姊等了很久。」

雖說我也是抓在約定時間的五分鐘前到這裡的。

「沒關係喔。我也是坐上一班車剛到這裡的，沒有等那麼久。」

她面帶笑容如此回應我。

啊～～一大早，思慕的學姊就帶著笑臉跟我會合。

總覺得好幸福喔。

「所以說，要在哪裡拍照呢？我覺得這裡還滿多人的耶？」

燈子學姊這麼說著，迅速掃視四周。

雖說我們在月台最前面，所以人比較少，但要是拍起照片想必便會引人矚目。

「說得也是。電車開走後人會很少，趁那個時候盡快拍一拍吧。」

儘管我有事先想好構圖，不過看見燈子學姊剛才的模樣，我就打算要拍別的照片了。

「我知道了。那我該怎麼做呢？」

「麻煩學姊像剛才等我的時候那樣，站著就好。」

「咦，就那樣？」

燈子學姊似乎十分意外地看著我。

「對，很一般地面向前方就好。然後下一張照片再麻煩學姊看向我這邊，做出微微舉手打招呼的感覺。」

「了～～解！這樣就可以了嗎？」

燈子學姊就像剛才那樣，面向前方站著。

照片則是從側面的角度拍過去。

她靜靜地，好像在思考什麼一樣地微微低頭，等待著某個人。

長長的黑髮被朝陽照亮，受到晨風吹拂。

我迅速地將她那個樣子拍了五張上下。

「接下來請看這邊，做出打招呼的感覺。」

燈子學姊帶著笑臉看向我這邊，在胸口處微微地舉起右手。

這是重現剛才她向我搭話的狀況。

她這個模樣我也拍了五張上下。

嗯，跟我心中設想的一樣。

把一開始的照片跟第二張照片並列在一起的話，想必就能傳遞出這種氛圍。

標體寫「早安，一起去上學吧」應該就可以了吧。

我跟燈子學姊在大學附近的車站下車。

進入大學校區後，燈子學姊便先繞去便利商店，用咖啡機買了拿鐵。

「學姊都會在這裡買咖啡嗎？」

「對啊。算是要在早上驅逐睡意吧，我常常會買咖啡，當成開始一天的小儀式。」

燈子學姊將杯蓋蓋上裝有拿鐵的杯子，並且如此回答。

「那這個場面我也要拍成照片。」

「要拍攝這種稀鬆平常的事？」

「對，既然這是燈子學姊一天的日常生活就要拍。」

「這樣啊？嗯，也沒差吧。」

燈子學姊臉蛋轉向一邊，手拿裝有拿鐵的杯子並露出笑容。

我拍成了很有「一天的開始」氛圍的照片。

然後我們進入第一堂課的教室。

我們為了拍照片而提早過來，所以教室裡頭沒多少人。

科目是「法文」。

燈子學姊有修兩門第二外語。

是中文跟法文。

我們大學還滿注重語言課程的，因此外文課的種類十分豐富。

再加上燈子學姊覺得「語言能力學得愈多愈好，畢竟交流的基礎就是建立在語言上」，似乎有盡可能去學習各種語言的樣子。

對於光英文就學得上氣不接下氣的我來說，總覺得她那樣已經脫離了人類的範疇。

在燈子學姊身旁坐下來後，我立刻啟動手機的相機。

「那麼，燈子學姊，可以麻煩妳面對我，擺出好像要對我說些什麼話的姿勢嗎？」

「嗯～～對你說話，是要說哪種感覺的呢？」

「既然是男女朋友，大概就是『今天也是一起上課呢』或『作業做了嗎？』那種感覺的吧？」

「感、感覺像在說那種話就可以了吧，不用真的說出口也沒關係，對不對？」

燈子學姊的臉蛋有點泛紅。

是說，妳這樣面對我的話，我也會害羞耶。

「是的，畢竟是照片，不需要連話都說出來。」

燈子學姊翻開課本，以兩肘抵在桌上的姿勢對我露出笑容。

我用相機將她那個樣子捕捉了幾張起來。

「啊～～好羞人喔。」

燈子學姊紅著一張臉，上下甩動手掌搧起風來。

對於拍攝後也無意離開的我，燈子學姊皺起了眉頭。

「一色不用去上第一堂課嗎？」

「我這個時段還沒有選好課程，所以沒問題。」

「你那樣不該說是沒問題吧？」

燈子學姊眉頭深鎖。

「第一次授課也有像是說明會般的內容，要是沒有一開始就好好上課，之後說不定會很困擾喔。上了大二以後有許多需要花費心力的課程，也有人只因為一堂課就留級的。」

燈子學姊像這樣為我擔心的表情也不錯耶。

「好的，我知道了。是說我能不能拍一張學姊剛剛的表情？」

「咦，剛剛的？」

「對呀，燈子學姊說那些話提醒我的樣子，感覺也滿不錯的。」

「受不了……你有好好聽進去嗎？」

我把擺出那種傻眼的態度，對我說教的燈子學姊拍了下來。

之後也把她認真聽課的樣子拍成照片。

課程結束後，我站起身子：

「晚點到第一學生餐廳去拍吧。」

第二堂課我也有必修科目，不去上課可不行。

「我知道了。那誰先上完課誰就先去占位子嘍。」

燈子學姊這麼說，帶著笑容對我微微揮手。

啊～～我的心情真的好幸福。這是我第一次跟燈子學姊一起上課。

要是我早一年出生，就能一直體會這種心情了呢。

第二堂課結束後，我衝向學餐。

由於講師真的上到最後一分一秒，說不定我會沒辦法搶到適合拍攝的位子。

儘管我如此擔心，但燈子學姊人已經在那裡了。

而且她占到的是「戀人專用席」，也就是窗邊圓桌的位子。

「抱歉，我遲到了。」

看見跑步過來的我，燈子學姊笑了出來。

「不用在意啦。又不用那麼急，只是我上的課碰巧比較早結束而已。別說這個了，要不要去點個什麼來吃？」

燈子學姊手邊已經有吃的了。

她點的是三明治、沙拉還有咖啡。

「不是要拍照片嗎？餐點我先放著，就等你回來嘍。」

「不好意思，我馬上就去點！」

我又衝刺前往點餐檯，選擇了炸雞塊定食。

回到位子上、拿好手機之前，我先詢問燈子學姊。

「我記得學姊有說今天會上到第四堂課？只吃三明治撐得住嗎？」

「既然都說要拍照了，沒辦法點一堆東西吃啊，不然會被當成大胃王耶。」

「我覺得會因為那點小事而見怪的人很少，最近電視上也有大胃王偶像啊。」

「即使你那麼說，我還是不喜歡那樣。而且要拍照片，就沒辦法去點會弄髒嘴邊的咖哩、蓋飯或義大利麵那些，也不可能吸麵給人家看。」

「總覺得似乎給學姊造成了滿大的負擔。我沒有多想就說要拍『模擬約會氛圍的照片』，是不是讓人很困擾？」

然而燈子學姊搖了搖頭：

「沒有喔，沒那回事。真要說起來，說要參加繆思小姐的就是我自己。而且啊……」

燈子學姊話沒講完就先停頓一下，然後看著我說：

「其實一色你說『想要拍攝平時的我』，讓我很高興。之前一直在拍時尚雜誌般的照片，我也覺得有點落寞。」

「畢竟我們討論的時候，美奈學姊給人的壓力很大呢。」

「我也不是說討厭美奈拍的照片。可是一色對我說『想要拍我的可愛照片』……我就想說交給你來拍應該沒有問題……」

總覺得聽她對我說這些話，我自己也不禁緊張了起來。

我們兩人不由得陷入沉默。

不過燈子學姊馬上就開了口：

「那我現在可以吃東西了嗎？」

「啊，請先等一下。一開始要先拍還沒被碰過的三明治跟燈子學姊。」

燈子學姊像是要介紹三明治餐盤般敞開雙手，我也把她這樣的姿勢拍了下來。

接下來拍的那張是她拿起一個三明治，咬下一小口的樣子。

她那樣無意間的一舉一動，讓我覺得十分可愛。

先前預想的「午餐中的照片」已經拍完，不過或許還有機會拍到不錯的照片。

我想說不能放過那種機會，於是急忙吃完自己的餐點。

結果忽然發覺燈子學姊緊緊盯著這樣的我。

……糟糕，我是不是太狼吞虎嚥了啊？吃東西的時候該不會發出了聲音之類的……

「抱歉，我的吃相是不是很難看？」

聽到我膽戰心驚地這麼問，燈子學姊搖了搖頭。

「不會，沒有那回事喔。我只是覺得你果然『是個男孩子耶』。很有精神，看起來吃得津津有味的樣子。」

我有點害羞而向下看——

「我滿喜歡這樣的男生呢。」

燈子學姊就溫柔地這麼說而凝視著我。

第四堂課結束，我跟燈子學姊在理工學院校舍前面會合。

這當然是為了拍攝「大學課程結束後兩人去約會」的照片。

「要去哪裡呢？」

「我想說今天要去原宿。」

其實選地點的時候我煩惱了很久。

曾想過澀谷、新宿、六本木、銀座……

不過我想把重點放在「符合女孩子的可愛要素」而選了原宿。

我自己不太會去原宿就是了。

總覺得無論如何，「跟女孩子在原宿吃甜點」都滿有約會的氛圍。

挑選的店家則是幾個網站上都有介紹的名店，人潮相當多。

我的目標是「口感酥脆的棍狀泡芙」以及「有著焦糖巧克力外殼的霜淇淋」。

手拿這兩道甜點的燈子學姊看起來也滿開心的。

「嗯～～攝取這麼多熱量還挺有罪惡感的，可是真的會讓人開心起來耶。」

她就這樣滿足似的露出微笑。

女生果然非常喜歡甜點呢。

「我想到了，我們就像之前那樣一人分一半吧，這樣就可以用一半的熱量來享受雙倍的歡樂嘍。」

她這麼說而向我遞出棍狀泡芙。

那樣的小動作也很可愛。

「剛才那個姿勢，可以麻煩再擺一次嗎？我想要拍照。」

「咦？」

燈子學姊面露看似有點驚訝的神情，卻還是以羞澀和使壞各占一半的笑容對我說：

「可以喔。不過有交換條件，就是你也要好好吃個一口。我會在你吃了以後再吃……」

如此這般，我拍下了「燈子學姊將棍狀泡芙遞給我」和「燈子學姊即將吃下我咬了一口的泡芙」這兩張照片。

……這下子，我們就是第二次間接接吻了啊……

我想著這種事情。

是說女孩子要把食物放進口中的場面，總覺得有點煽情的感覺耶。會不會只有我這麼覺得？

燈子學姊又緊緊地盯著我的臉。

就在我心裡因此疑惑「怎麼了嗎……」的時候——

「一色，你嘴邊沾到奶油嘍。」

燈子學姊這麼說，從包包裡抽出一張面紙溫柔地幫我擦拭。

「謝、謝謝學姊。」

感覺好開心，又似乎有點害羞……

「呵呵，好像有了個弟弟一樣。」

燈子學姊這麼說而笑了出來。

咦，我的地位是弟弟嗎？

當天晚上，我一回家就馬上把白天拍的燈子學姊照片上傳Linstagram和Tritter。

主題標籤我想了滿多種，不過最後還是挑選比較不會出問題的「櫻島燈子的某一天」。

因為我想說要是打從一開始就加上浮誇的主題標籤，會有些危險。

第一張是車站的照片，標題是：「早安，一起去上學吧。」

第二張是早上在便利商店買拿鐵的時候，內文單純地寫成：「驅散睡意的晨間慣例。」

第三張是進入教室後，燈子學姊對我搭話的照片，內文是：「你有好好預習課程嗎？」

第四張是學餐的場面，內文寫上：「傍晚還有別的享受，中午就少吃一點。」

第五張和第六張則是在原宿吃甜點的場面。

一開始是「燈子學姊遞出棍狀泡芙的照片」，搭配內文：「來到了最近大家都在討論的店，一起吃吧！」

第六張是「我吃了一口後換燈子學姊吃的場面」，內文寫上：「好好吃喔！來吃第二口。」

其實我有想過內文要不要寫成「跟你間接接吻」，卻覺得那還是太冒險，於是換了個寫法。

況且這張照片就是莫名有種情色的感覺啊。

我看著傳上Linstagram的照片，一邊回想燈子學姊今天一天的模樣。

啊～要是我跟燈子學姊交往，會不會每天都是這種感覺呢？

正當我沉浸於這種感傷時，看過社群網路的石田來了聯絡。

「第一彈的照片發布啦？」

「對啊，才剛上傳不久就是了。」

「還滿不錯的啊。燈子學姊不只被拍得很可愛，連表情都充滿活力。」

「你這麼說真的讓我鬆了一口氣。畢竟我再怎麼有自信，到頭來也只是個人的感想罷了。」

「你這招想必會有成果啦，畢竟按『讚』的數量也一直在增加。」

「是啊，照片上傳後還過不到十五分鐘，就已經有二十個以上的『讚』了。」

「這樣美奈學姊她們也得接受了吧？」

事實上正是如此。

之前花了四個星期上下才新增一千左右的追蹤數，新照片上傳後只過了三天就增加了三百人追蹤。

同一段期間內，龍膽朱音和果憐則增加了不到一百。

看見這樣的結果，一美學姊開了口：

「嗯，起步相當順利的樣子。那一色接下來也繼續以『展現燈子的可愛一面』這個方向來進行。還有，不要只拍照片，影片也麻煩你走這個方向。我們當然也會協助你。」

這下子我的方案也正式得到認可了。

我從這天起就一直專心思考——「該怎麼展現燈子學姊的魅力？」

然而在我如此奮鬥之際，其實有道不平靜的黑影正暗中醞釀著，當時的我卻還沒有發現。

六　燈子學姊，是不是意外地樂在其中？

我們提議的「展現燈子學姊可愛一面的企畫」進行得非常順利。

實行後只過了一週，燈子學姊的追蹤數便增加到了五千。

相較之下，龍膽朱音未達七千五，果憐則是五千五，所以差距確實有在縮小。

而且我們的活動在其他層面也有產生不錯的影響。

看見我們的狀況還不錯，美奈學姊她們也積極了起來。

美奈學姊本來就是很不服輸的那種人。

（如果不是那樣，她就不可能成為同好會的中心人物了。）

那樣的她看到我們的成果，或許也覺得「自己不能光只會這一招！」了吧。

她同樣在照片中加入了許多巧思，帶出燈子學姊的其他魅力。

與之前「大人氛圍的高雅照片」較多的狀況相比，在戶外攝影的「開朗且充滿女人味的照片」也逐漸增加。

對於想「在大學階段展現自己的魅力」的女性新生來說，想必會對那樣的照片提起興趣。

然而我們也在這時碰到了障礙。

我們想不到「新的點子」。

我們的照片和影片，基本上是決定好主題或故事後拍攝的。

因此每次都得思考「新的點子」才行。

這就是以企畫為重的難處。

這天我也一樣，跟石田一起在學餐煩惱著「新的點子」。

「石田～～你有沒有什麼好主意？」

「優～～有什麼有趣的企畫嗎？」

我們兩人從剛才就一直重覆一樣的話。

我重新看起眼前的A4紙張。

上面雜亂地寫著至今做過的企畫。

「『燈子學姊的一天』做過大學篇跟假日篇、『模擬約會』做過兩次，還有『購物篇』跟『認識大學篇』……我們弄過不少企畫了呢。」

石田也以一張疲憊般的表情點頭：

「有種已經江郎才盡的感覺啊。『認識大學篇』根本就只是宣傳大學的影片了。」

「畢竟其他的候選人也有在做那種內容嘛。」

「我也能理解果憐為什麼要把重心放在『露一點給人看的走運色色照』了。那種照片看多少都不會膩，而且即使沒有多下巧思也能夠引人注目。」

「那種照片絕對不行，燈子學姊自己鐵定也不肯拍。」

我跟石田就這樣「唉～～」的一聲同時嘆氣。

沉默了一陣子之後，石田大動作地坐直上半身。

「優，既然都這樣了，就下定決心吧！」

「什麼啦，是要下什麼決心？我醜話說在前頭，色色的照片不能拍喔。」

我抬起臉，一邊對他打了預防針。

「這我知道。不過角色扮演不算是色情照片吧？」

「角色扮演啊……」

我如此低語。

其實我也有想過角色扮演。果憐之前也說過：「有打算加入角色扮演之類的照片。」

確實就如石田所說，角色扮演本身並不是什麼色情照片。

只是有些角色扮演的照片很打擦邊球罷了。

說是這麼說，燈子學姊能不能接受這點又是另一回事。

一美學姊八成也會反對吧。

「我想應該很難說服她們。」

石田卻強硬地如此主張：

「不，此時此刻就是該做角色扮演的時候。優，要是你還沒做就放棄，比賽就會當場結束！」

這是某部運動漫畫的名言，但對角色扮演用上這句，原作者應該會哭吧，石田。

「「「咦～～角色扮演？」」」

聽聞此事的燈子學姊、一美學姊、美奈學姊、麻奈實學姊都做出一樣的反應。

「沒錯。角色扮演是自由發揮想法的世界，也能更加擴展燈子學姊的魅力！」

石田熱烈地發言。

「可是啊，角色扮演符合繆思小姐的概念嗎？」

一美學姊顯得疑惑。

哦，她這個反應沒我想像中排斥嘛。

「當然符合！角色扮演的對象也有許多女神、精靈那類奇幻世界的居民！這不就恰恰適合以神話為源頭的繆思小姐嗎！」

我覺得這算是硬扯，但他都這麼理直氣壯地斷言了，感覺就莫名地充滿說服力。

「可是角色扮演算是次文化吧？我擔心那會破壞至今建立起來的燈子『冰山美女』的形象。」

面對這麼說的美奈學姊，石田瞪大雙眼：

「說這什麼話！模特兒就某個角度來說也跟角色扮演一樣啊，扮演可愛的女大學生、精明幹練的上班族女性。而婚紗就更不用說了，根本就是完美地扮演新娘！何況美奈學姊用來拍室內照的攝影棚，原本就是角色扮演用的喔！」

「這、這麼說是沒錯……」

美奈學姊像是被石田的激情壓倒般說不出話。

是說石田講得可真激動。一講到角色扮演，他就會這麼熱血激昂嗎？

「我能了解石田想說什麼，也能理解要做角色扮演有著一定程度的理由。可是啊，角色扮演很花錢吧？我們做這些動用的是同好會的預算，可沒辦法去做那麼花錢的事。」

一美學姊像是要制止石田般地舉起右手，冷靜地說出意見。

不過我們也有做好應對這種說詞的準備。我開了口：

「關於這點不成問題。石田已經聯繫幾位認識的Cosplayer並做好安排，可以借用衣裝和小道具。」

「對呀！除了女神跟精靈，還有女騎士跟女盜賊，甚至連獸耳女孩跟名媛學校的制服，我都會準備得應有盡有！」

石田像是要蓋過我講的話而這麼說。

他本來就很熱衷於動畫和漫畫，但我很少看他這麼激動。

是說啊，就連我都有點覺得他這樣令人退避三舍了。

而一美學姊、美奈學姊、麻奈實學姊，都完全被石田的激情給壓制住。

一美學姊看向燈子學姊：

「該怎麼辦，燈子？實際上場的是妳。要是妳不討厭，我覺得也沒問題就是了。」

「唔、嗯……」

燈子學姊想必是被震懾住了，看似有所猶豫地開了口：

「我也差不多。只要不是穿奇怪的衣服，倒不會說討厭拍那樣的照片……」

「好，這就代表OK了吧！」

石田斷定似的這麼說。

「我會火速安排衣裝跟預約攝影棚，請各位靜待我的聯繫！」

面對好像要立刻行動的石田，一美學姊做出最後的提醒：

「角色扮演的內容要事先告訴我們。要是到了現場才突然對燈子端出奇怪的衣物，只會造成困擾而已。還有上傳到社群網路前，照片和影片同樣要先給我們檢查。拍攝的部分我也會盡可能參與的。」

或許是怕石田會失控，她沒有忘記打這種預防針。

這週週日，我、石田、燈子學姊、一美學姊四人來到了同樣位於千葉縣成田市的隔壁鎮。

那裡好像有一整間房子都是出租的攝影空間。

據說可以做到童話氛圍的室內拍攝，還有同樣具童話氛圍的花園可供攝影。

一美學姊開車載我們前去那個出租攝影空間。

下了高速公路，穿過雜木林和住宅零星分布的田野後，我們抵達了目的地。

進去裡頭一看，會覺得「這一帶是不是只有這個地方化身為某個知名老鼠的國度？」是個既可愛又帶有童話氛圍的攝影棚。

「原來千葉也有這種地方啊。」

燈子學姊欽佩般地這麼說。

「可是這地方不會很貴嗎？」

一美學姊看似擔憂地這麼說。石田滿懷自信地回答：

「對，很貴。」

「有辦法壓在預算內嗎？同好會可是沒辦法撥出超過預算的額度喔。」

對於這點，石田依舊帶著自信回答：

「這不成問題，因為我們是跟其他兩個Cosplayer團隊一起租借的。能用的時間只有一個小時半，但也勉強壓在了預算內。」

「這樣啊，那就沒關係。」

一美學姊儘管這麼說，看起來還是在擔憂。

會這樣很正常。她身為同好會的代表，也需要負責管理預算。

縱使「燈子學姊獲選繆思小姐後，同好會就會拿到補助款」，也不可能在目前的階段就毫無節制地花錢。

「他們說只要是梳化間放置的衣物箱裡頭的衣服，就可以隨意使用。」

石田帶頭進入梳化間。

裡面擺著兩個行李箱，以及兩個衣物箱。除此之外，掛衣架也掛著幾件衣服。

「所以說，今天要穿怎樣的衣裝呢？」

我這麼問之後，石田便打開了兩個衣物箱的蓋子。

「總之先看有什麼衣裝吧。燈子學姊和一美學姊也看看，我們會以燈子學姊『想穿』的那些為優先的。」

我們一件件地拿出衣裝，仔細考量該穿哪一件。

不過衣物的種類可真多啊。不只有女神和精靈，還有女騎士、獵手、盜賊、村姑、公主洋裝等異世界風格衣裝，甚至連名媛學校的制服和水手服、女僕裝、可愛的女服務生、網球運動服、魔法少女、間諜風的黑西裝等衣物都有。

「哦～～原來也有這種的啊？」

一美學姊這麼說著而拿起來的是近衛騎士團的制服，那件衣服還附上顯眼的勳章和肩章，上衣是紅色，褲子則是藍色，連用色都很亮眼，也精細地附上金色的鏈條。

「那是現在流行的女性向異世界作品的衣裝呢。那個角色雖是女性，卻女扮男裝守護著公主，故事本身是百合作品。」

「原來如此，以男裝來說，這件尺寸確實有點小的樣子。」

「一美學姊要不要穿穿看？一定很適合妳喔。」

「哦，不錯耶。相對地，被我制裁的盜賊就由石田和一色來扮嘍。」

「咦，連我都要扮演角色啊？只讓石田去扮就好了啦。」

我們幾個邊開這種玩笑邊看衣服，可是不經意地一看，就發覺燈子學姊十分認真地挑選著衣裝。

看來她是在「款式悠久的經典黑色女僕裝」和「明顯是現代風，給人可愛感的女僕裝（迷你裙）」這兩套之間舉旗不定。

「燈子學姊，妳很在意那兩件嗎？」

我這麼發問後，燈子學姊便像是忽然回神般抬起臉來。

「也不是說很在意……只是想說這兩件同樣是女僕裝，給人的印象卻差滿多的。」

結果石田靠到燈子學姊身邊，拿起現代風的可愛女僕裝：

「就挑這件吧。另外一件是上了年紀的女僕長穿的女僕裝。這件可是動畫角色的女僕裝喔。」

他說了這種話，將比較可愛的那件女僕裝掛到掛衣架上。

「咦？可是那件女僕裝的胸口跟背後那些地方的開口是不是太大了？裙子長度看起來也

很短。」

「就是這樣才好。那種跟喪服一樣的女僕裝，無論是誰都萌不起來的喔！」

「也、也對。」

石田講得那麼果斷，燈子學姊好像也沒辦法反駁的樣子。

「還有這件女騎士的裝扮，我百分之百推薦！連聖劍都有好好附上。這把聖劍是用透明壓克力製成的，裡面還有裝ＬＥＤ，打開機關就可以發光喔！」

「唔、嗯，那件也不錯呢。」

嗯～石田，你是不是完全以你的興趣來選擇衣服？

「我也想加入魔法少女的衣裝。」

石田這麼說而在衣物箱裡頭翻找，這已經完全是他的世界了。

「哦，有件不錯的嘛！這個好啊！就穿這個吧，燈子學姊！」

結果石田雀躍地叫出聲：

石田開開心心地拿出來給大家看的是……

「「「豹紋比基尼！」」」

石田以外的三人不禁訝異地出聲。

然而石田並不在意這種狀況，並且開始談論：

「這並不是豹紋。是出自『可愛動物妹』動畫，最受歡迎的藪貓角色藪貓美。你們看看這個貓耳，比普通的貓還要大吧？這就是藪貓美的特徵喔。」

呃，那種微妙的特徵，我可不曉得啊。

順帶一提，這套衣服除了豹紋比基尼以外，還附有貓耳很人的頭箍、貓掌手套，以及和比基尼同款花紋的靴子。

「燈子學姊一定很適合這套！我可是充滿自信地推薦喔！就穿這件吧！」

石田的態度有夠強勢。

燈子學姊睜大了眼睛。

這時，一旁伸出來的手奪走了那件豹紋比基尼。那是一美學姊的手。

「石田，你從剛才就一直逼人接受你的喜好，都沒問燈子的意見喔！燈子怎麼可能穿這種衣服啊？你給我好好挑選正常的衣服。」

一美學姊的話鋒有點銳利。

說是這麼說，如果要穿那件動物紋路比基尼我也反對。

再怎樣都不能把燈子學姊穿那種衣服的樣子，放到許多人都會看見的網路上。

「好遺憾喔。燈子學姊穿的話一定很適合……好浪費喔。」

石田碎碎唸著，一邊翻找其他衣物。

到了最後，要穿來角色扮演的衣裝是「可愛的（會露出不少肌膚的）女僕裝」、「手持LED發光聖劍的女騎士」、「藍色波麗洛式外套，搭上輕盈飄曳的白色連身長洋裝」這三套。

背景則挑選「歐洲街景風」、「南法普羅旺斯風的白色起居室」、「同風格的白色臥房」、「花園水療設施」、「可愛的西式後院」等樣式，拍下各張照片。

我們拍攝了燈子學姊佇立於街角，表情帶點憂鬱地等待某人的模樣，也拍攝了在房屋入口優雅地行禮的姿勢，以及在後院度過下午茶時光的場面等。

還有將聖劍放在床上，準備戰鬥的場面之類的。

「燈子學姊，麻煩再靠近牆壁一點點，臉看我這邊……對對，這樣真不錯。就是這種感覺！啊，可以露出更溫柔一點的笑容嗎？」

石田宛如專業攝影師，做出這種指示一邊拍下照片。

他還滿擅長指引被攝體擺出他想拍的樣子耶。

對於模特兒的指示很精確，令人提起幹勁的發話方式也很自然。

這傢伙，一定不是第一次做這種事情吧。

拍攝總算平安結束……

「好，十分完美！」

石田用他帶來的數位單眼相機確認相片，看似滿足地這麼說。

或許是因為不習慣這樣的攝影而感到疲累，燈子學姊深深地嘆了口氣。

「那我去換個衣服喔。穿過的衣物要先清洗再歸還吧？歸還時拿給石田應該就行了？」

這麼說的燈子學姊前去梳化間。

「那我們趁這段時間來收拾吧。」

我們把用過的備品那些恢復原狀，稍作清掃並收拾。

不能悠悠哉哉的，等等說不定會有其他的Cosplayer過來。

大致上收拾結束後，一美學姊低語了一句：「燈子怎麼這麼久還沒回來啊？」

「我去把車開來攝影棚前面，石田把帶來的機材和道具搬出去。一色檢查一下有沒有東西忘在這裡，燈子也麻煩你在這邊等嘍。」

「了解啦！」

「我知道了。」

石田和我如此回答。

石田馬上就把帶來的行李搬到攝影棚外了。

可是說真的……我等了滿久，燈子學姊還是一直沒回來。

明明只需要在換好衣服後，把穿過的衣物帶來就行了。

是有什麼重要的東西弄丟了嗎？

我前去梳化間。

由於我不可能突然就開門，於是在敲門後叫了聲：「燈子學姊？」

沒有回應。我再敲門一次叫她看看，果然還是沒有回應。

我已經敲門三次，也叫了三次，卻一點反應都沒有。

是不是人不在裡面啊？該不會我們剛好錯過，燈子學姊已經走出攝影棚了？

我將手放到門把上。

門並沒有上鎖，看來燈子學姊已經出去了。

我想說還是要確認一下裡面的狀況，便把門打開。

結果……撞見令人難以置信的景象。

沒想到燈子學姊穿著「藪貓比基尼」，而且還在跳舞！

她看向鏡子那邊，所以沒發覺到我已經進來。

「燈、燈子學姊……」

門自然地自己關上。

燈子學姊還沒注意到我。

她邊擺著姿勢邊跳舞。

就在她跳舞跳到轉向我這邊時……

我跟她對上了目光。

燈子學姊的動作停下來了。不對，豈止動作，連表情都僵住了。

她的眼睛睜得相當大。

「噫、噫呀啊啊啊……」

燈子學姊發出這種慘叫，像是要藏住身子一樣蹲了下去。

「妳在做什麼呢？」

我也因為內心動搖而有點破音。

「那、那個……呃，這不是你想的那樣！會這樣是因為……我想說這可能是其他服裝的一部分，結果穿錯了……」

「可是石田剛才說過那件是『動物妹』角色的服裝吧？」

「咦、咦咦咦，是、是這樣嗎？」

燈子學姊的眼神四處游移。

「可、可是這件啊，你想想喔，在穿其他衣服時……應該可以拿來搭配……我、我想說應該可以……可以……拿來搭嗎？……感覺好像……沒辦法耶。」

妳講一講就自己否定了耶？

「可、可是我喜歡貓啊！想說穿這件衣服就能體會，說不定能體會貓的心情……能體會嗎？……不可能體會吧……」

燈子學姊目光低垂了一陣子，終究還是死心似的抬起臉來。

「抱歉，我只是想試試看穿起來感覺如何……」

我依舊啞口無言。

燈子學姊看著這樣的我，害羞似的紅著一張臉擺出貓手姿勢：

「……喵。」

並且模仿貓咪的樣子。她這樣好像是想要裝傻。

我不禁噴笑。

「你別笑！別笑了啦！有夠丟臉！我好想死一死！」

「對不起。可是燈子學姊，妳為什麼要跳舞呢？」

「嗚哇～～！你別說了！別再說了！」

燈子學姊像個小孩般大吼之後，直接以鴨子坐的姿勢坐到地上。

她從耳朵拿下無線耳機，把兩手放在大腿之間。

「我其實對這個『可愛動物妹』的衣裝很有興趣……這部動畫我也看過好幾次，覺得片尾的舞蹈那些滿可愛的……所以就想說穿一下這件衣服看看……穿上後便想到我手機裡有那首歌，想說聽一下好了……然後想說順便跳一下那個舞蹈……」

燈子學姊真的意外地有著孩子氣的一面。

她這點很可愛就是了。

而且……

我又一次凝視起燈子學姊「穿藪貓比基尼的樣子」。

漂亮地托了起來的雪白胸部，受到豹紋比基尼上半部的包覆。

加上她纖細緊緻的腰身。

而她腰部下方的比基尼下半部則有白皙柔滑、美妙的大腿曲線延伸而出……

我不禁打量起她的全身↓胸部↓腰身↓大腿↓全身，依照這個順序無限循環。

正如石田所說，只要是男人，看她穿成這樣鐵定會心動不已。但這不能傳上社群網路就是了。

既有煽情的感覺又很可愛，這種的想必就是「色色可愛系」吧……

「學姊妳別在意。而且這衣服其實很適合學姊喔，有夠可愛的。」

「真的嗎？」

「真的喔。可以拍一張相片作為紀念嗎？」

「咦，絕對、絕對不要！這是我一生的汙點！」

「沒那回事喔，真的非常可愛。而且燈子學姊本身就對這個有點興趣了吧？能穿這種衣服的機會，就只有現在了。」

「……」

「沒事的，這既不會上傳Linstagram，我也不會給別人看，是只屬於我和燈子學姊之間的祕密。」

「你、你真的會保守祕密？」

「對，這是當然的。」

「我、我真的……很可愛？」

「絕對可愛！我能賭上性命掛保證！」

「那、那麼，一色你也來一起拍。」

我將手機相機的延遲拍攝設好後，就坐到燈子學姊身邊。

「一色，你要擺出招財貓的姿勢！我不想拍成只有我很羞人的照片！」

我一邊笑，一邊將握拳的右手舉到頭部旁邊。

燈子學姊換好衣服之前，我都在梳化間前面等待。

從梳化間出來後的燈子學姊依舊紅著一張臉。

她現在給人的感覺，像是害羞到沒辦法看我的臉。

「那個……剛才的事情，你會保密不讓大家知道吧？」

「啊，嗯，我會的，一定不會對任何人說。」

「你絕對、絕對、絕～～對不能對別人說喔。」

「我說到做到，畢竟這照片是只屬於我的寶物。」

「……那張照片，晚一點……也傳給我。」

我不禁湧起一股笑意。燈子學姊真的有令人意外的地方耶。

不過她那樣正中我的好球帶，我覺得她真的是世上最可愛的人。

那些「燈子學姊的角色扮演照片」經過石田監修、一美學姊檢查後，在社群網路上發布了。

由於大家認為燈子學姊是「清純且才色兼具的知性派美女」，那些照片得到了極大的迴響。

追蹤人數也一口氣增加到六千二百。

相較於龍膽朱音幾乎沒變化的七千七百追蹤，燈子學姊這樣可是大幅增加，跟果憐平起平坐了。

……很好，照這個勢頭下去就行得通，追上龍膽朱音也不是不可能嘍。

我露出事情如我所願的笑容。

此時，留言區的文字飛進了我的眼裡。

那是……

＞燈子是不是得意忘形了？

這樣的留言。

之前幾乎都沒有人留下對於燈子學姊的負面留言。

然而上傳這些角色扮演照片以後，有時候會看見這種負評。

＞想贏想到連這種照片都上傳了呢。

＞什麼「正版城都大學小姐」啊，好失望喔。

……黑粉果然也增加了嗎？

想當然耳，我也有預料到會有黑粉出現。

隨著受歡迎的程度愈來愈高，以及愈來愈受人矚目，黑粉會出現也是無可避免的。

可是這種時期黑粉出現的方式，還有莫名會讓人注意到留言的寫法，令我滿在意的。

……希望這不會讓情勢變成不利於我方……

不知來由的擔憂在我心中擴展開來。

七　九名女神

角色扮演企畫頗受好評。

燈子學姊和龍膽朱音的追蹤人數差距大幅縮減，終於來到能與果憐平起平坐的地步。

不過果憐並非省油的燈，不可能默默看著燈子學姊那樣的好勢頭。

她也開始上傳了角色扮演照片。

（真要說起來，角色扮演這點子本身就是果憐先說出口的。）

而且果憐的角色扮演裸露程度更高，更打擦邊球。

她有拍一套「你的寵物系列」，就是穿貓咪、小狗、兔子、小鹿等各種動物圖樣，打擦邊球的角色扮演衣裝。

看見那些照片的石田這麼說：

「我說啊，優，燈子學姊果然還是該穿上多露出一點肌膚的角色扮演衣物吧？」

「不是已經跟你說過不行了？」美學姊八成不會同意，重點是我不覺得燈子學姊會說ＯＫ。」

我回想著「只屬於我跟燈子學姊的祕密」那張「藪貓比基尼」，嘴上則說著這樣的話。

「真的是那樣嗎？」

石田像是在思考事情般地低語。

怎、怎麼了。難道石田發覺到什麼了嗎？

「你這是什麼意思？有什麼令你在意的事情嗎？」

我故作平靜地這麼問，結果石田壓低音量這麼說：

「嗯，其實啊，之前使用過的角色扮演服裝裡頭，有『可愛動物妹』的『藪貓美』服裝喔。」

我的腦海竄過一道電流！

……慘了，那是盲點……

石田指出了那個盲點：

「你記得吧，之前不是說過『使用過的衣物要先清洗再歸還』？後來燈子學姊拿給我的服裝當中，有那個藪貓美的比基尼套裝喔，這代表燈子學姊有穿過那件衣服啊。也就是說，她其實對那一類的角色扮演有興趣……」

「你在說什麼蠢話啊，石田？」

我擺出「真是無聊至極」的態度，打斷了他的發言：

「那是我帶去的寶特瓶飲料不小心翻倒，稍微潑到了那件衣服而已。燈子學姊發覺到這點，表示：『只沾到一點點還是得洗過再歸還呢。』才會一起拿去清潔。」

我立刻編出這種說詞。不曉得是不是我腦袋有全力運轉，總覺得自己能說出這種藉口也滿厲害的。

這樣的演技，應該能瞞騙過去吧？

「什麼嘛，原來是這樣喔？」

石田打從心底覺得遺憾似的這麼說。

「我一整個以為燈子學姊對那種的也很有興致。」

太好了，看來有成功騙過去。還好石田不是會深入思考的那種人……

「不不不，不可能。她可是燈子學姊，形象怎麼可能差得那麼遠？」

……當時可是連我都嚇了一大跳呢……

「不過燈子學姊就算穿上『動物比基尼』也沒用了吧？畢竟果憐先拍出了『寵物系列』啊。」

石田這麼說而拿出手機，打開果憐的社群網路頁面。

畫面上羅列著果憐裸露度很高的動物角色扮演照片。

「而且她新推出的『你的妹妹系列』也挺受歡迎的。」

石田所說的「你的妹妹系列」八成是從我們的「模擬約會」得到靈感的吧。

那系列是果憐扮演「充滿破綻，沒什麼警戒心的妹妹」的照片。

內容包含了「睡衣沒有穿好的樣子」、「套著一件很大的T恤的模樣（差點就遮不住腰身）」、「換穿制服途中」、「在浴室中只露出臉」等。

老實說，那些照片都拍得很可愛。之前石田說過「比本尊可愛一點五倍上下」，可是以這個妹妹系列來看，應該有拍出三倍的可愛度吧。

（是因為我是獨生子才會這麼想嗎？順帶一提，石田明明是個阿宅，卻對妹系沒什麼興趣，不知道是不是因為他在現實生活中已經有了明華這個可愛的妹妹？）

話說回來，果憐真的是很有心機的女生。

那傢伙如果活在適合她的時代，不就會成為能與武則天或慈禧太后齊名的惡女？

「跟果憐比來比去也沒什麼意義。別管那些了，接下來要不要拍影片？」

我這麼提議後，石田也點了點頭。

「這樣也好，畢竟我們拍過的影片也只有『介紹大學』這種程度而已。你有什麼企畫嗎？」

「對，我之前就一直在想了——『燈子學姊的挑戰系列』。」

「那是怎樣的概念啊？」

「燈子學姊給人一種知性派完美女生的強烈印象，對吧？但她實際上也有不太靈巧的一面，一開始甚至連做菜都一竅不通呢。」

「哦，所以呢？」

「所以要讓燈子學姊挑戰一些新奇的事物，把她挑戰的樣子拍成影片如何？如果做得很好就會覺得『她很厲害』，失敗的話也無傷大雅，能看到『可愛的一面』嘍。」

「原來如此。你打算讓她做些什麼呢？」

「我心裡在想的，果然還是和烹飪有關的吧。殺好一整條大魚，或是體驗怎麼揉蕎麥麵之類的。」

「我覺得這點子不錯，但女生應該不喜歡殺魚之類的吧？揉蕎麥麵感覺也滿有趣，但我覺得第一次拍就選這個主題會很硬喔。」

「這樣啊？我想說挑戰跟烹飪有關的一些主題還不錯就是了。」

「擠牛奶如何呢？讓燈子學姊也穿上乳牛花樣的黑白比基尼。」

「你啊，別老是一直在想動物比基尼了。」

我這麼說並思考了一陣子。

我們沒辦法拍攝難度過高，或是會花錢的事物。

不需多少花費便能嘗試，又有一定難度的東西……

石田剛才說的「燈子學姊身穿乳牛花樣的黑白比基尼，擠著牛奶的樣子」，不知為何浮現於我的腦海。

不行不行，我被石田天馬行空的妄想給荼毒了。

只是「擠牛奶」這個關鍵詞總讓我覺得有什麼搞頭。

「對了，做奶油怎麼樣？」

我這麼說之後，石田露出了狐疑的表情。

「做奶油？拍成影片會有趣嗎？」

「牛奶裝進寶特瓶後，只要拿起來搖就能做出奶油了。不過真要做起來頗有難度，所以要在燈子學姊挑戰時拍下她拚命製作的樣子。一直搖動保特瓶的女孩子說不定滿可愛的，做出來的奶油之後還可以拿去做成點心。」

「嗯～～反正也沒有別的點子，下次就拍這個看看好了？」

石田以沒什麼意願的態度同意我說的話。

就這樣，下個企畫決定是「燈子學姊的挑戰企畫，製作奶油」。

可是啊，石田，跟角色扮演那時相比，你這次也太沒勁了吧？

如此這般，我跟石田週末前去燈子學姊的家。

我上次進入燈子學姊家裡，是在X－DAY之前「試吃料理」的時候了。

按下電鈴之後，燈子學姊馬上就開門露臉。

「歡迎你們來。一美已經來嘍。」

她這麼說著，帶我們到客廳去。

石田左顧右盼地環視屋內。

「從外頭看就覺得『這房子可真大』，不過裡頭更豪華了啊。」

「我第一次來的時候也嚇了一跳喔。」

「來這個房子裡拍，不就不必去攝影棚了嗎？」

我們說著這種話，一邊被帶到客廳。

氣派的餐桌旁有著一美學姊，燈子學姊也站在她身邊。

「你們說的東西我有準備了，可是這樣真的就行了嗎？」

一美學姊這麼說，指向放在桌上的五百ＣＣ空保特瓶，總共有四個。

「對，這樣就可以了。」

我這麼回應後，將從超市買來的所有材料整袋放到桌上。

「可是做奶油的道具怎麼會只有空保特瓶？」

一美學姊看似難以理解地這麼說，燈子學姊於是代替我回答：

「做奶油這件事本身並不需要很難的技術，單純只是從牛奶分離出脂肪成分。只是分離前的過程似乎滿辛苦的。」

燈子學姊看向我：

「所以說，這次是要用牛奶做出奶油吧？」

「對。」

「有沒有確實買來非均質(Non-Homo)牛奶？」

「嗯，我有確認。」

我從袋子裡拿出一公升裝的非均質牛奶。

石田看著這樣的我，開了口：

「非均質牛奶是啥？跟一般的牛奶有什麼不同嗎？」

就算你突然這麼問，我也答不出來。

或許是察覺到這種氣氛，燈子學姊代替我回答：

「一般的牛奶啊，都有經過均質化（Homogenization）工序，也就是『將脂肪處理成均一且細小的微粒』。沒有經過那種工序的牛奶叫做『非均質化乳』，也就是非均質牛奶嘍。」

「為什麼需要那種工序啊？」石田進一步問下去。

「要是沒有經過均質化工序，脂肪就會自然而然地自牛奶分離，正是為了要防止那種狀況喔。不過脂肪球很小的話就不太會黏在一起，很難做成奶油。畢竟奶油正是從牛奶取出脂肪成分後製成的。」

燈子學姊邊把牛奶倒進保特瓶邊回答。

我也有上網查過那方面的知識，所以（大致上）有所理解，不過沒記得很清楚，因此沒辦法好好說明。

反正即使不曉得那些，能成功做出奶油就好啦。

「那就開始拍攝嘍～」

我這麼說之後，石田便用三腳架固定好手機。

我則是擺好自己的手機。

「開始吧！」

順著我一聲令下，燈子學姊舉起裝有牛奶的保特瓶。

「大家好，我是櫻島燈子。嗯～～今天要拍的是『首次挑戰嘗試企畫』，所以我要在自己家裡頭做奶油嘍。」

燈子學姊好像也很習慣拍攝了，她以笑容面對攝影鏡頭。

「準備的道具只有空的保特瓶，要把牛奶倒進這裡面。不是用非均質牛奶的話就不太會結塊，這點需要留意。」

她講著這些話，做出跟剛才對石田講的內容相同的說明。

「要將牛奶倒至保特瓶的三分之一滿，然後只要將瓶蓋轉緊，拿起來搖就好。」

燈子學姊開始上下搖動手上的保特瓶。

「像這樣搖晃，瓶子裡頭的牛奶就會變得像鮮奶油一樣。」

一分鐘……兩分鐘……三分鐘……牛奶一直沒有變成像是鮮奶油的狀態。

「嗯～～直接用乳脂的話應該更容易做成奶油……從牛奶開始做果然還是太難了？」

後來又過了兩分鐘……只有「美女不停地上下搖動保特瓶」這種單調的畫面一直持續，卻沒有半點變化。

後來又經過了一分鐘。

「欸，優，這要拍到什麼時候？我想應該沒人會呆呆地一直看著這種影片喔。」

就在石田這麼說之際——

「我、我先休息一下……」

燈子學姊氣喘吁吁，把寶特瓶放到桌子上。

「還真難結塊呢。」

一美學姊這麼說而拿起寶特瓶，仔仔細細地觀察。

燈子學姊心有怨恨地看著我：

「一色，你確定這真的是我要你買的非均質牛奶？」

「不會有錯的。學姊妳看，這裡確實有寫『非均質牛奶』。」

我拿起買來的牛奶包裝。

燈子學姊凝視起那包裝，隨即死心似的說了句：「的確，上面寫的是『非均質牛奶』沒錯」。

這時，一美學姊拿起一個保特瓶。

「要不要由我來試看看啊？畢竟這樣也拍不成影片。看誰成功以後，當成是燈子做的就行了。」

「說的也是，我們也來試試看吧。」

我們這麼說之後把牛奶倒進保特瓶，然後我、一美學姊、石田都拿著瓶子搖了起來。

「哦，好像有出現什麼塊狀的物體嘍。」

最先這麼說的人是石田，接下來是一美學姊，然後是我。

傳出「啪唰」一聲，最先讓液體和固體部分（這好像就是奶油）分離的是一美學姊。

而我跟石田幾乎在同一時間成功分離。

「成功了。」「成功嘍。」「我成功了。」

燈子學姊看似很怨恨地望著這樣的我們。

「那、那大家就同心協力一起做，把製作途中的過程拍成像燈子學姊做的……」

我這樣圓場。可是燈子學姊——

「不必！我自己做！」

她這麼說之後，又把牛奶倒進另一個寶特瓶，開始搖了起來。

她這次氣呼呼地搖著瓶子。

……啊，這或許是燈子學姊不服輸的一面展現出來了……

一美學姊靠近了心裡這麼想的我。

「燈子也真是倔強啊～」

或許是聽見她這番話，燈子學姊說了一句：

「什麼啦！我哪有倔強！」

就在她這麼說而用力搖動保特瓶的當下——

啪嚓！

瓶蓋隨著這豪邁的聲響鬆開，牛奶從保特瓶裡頭噴了出來。

牛奶噴得四處都是。

後來我們四個把灑出來的牛奶擦掉，並讓燈子學姊再次挑戰製作奶油，這次總算做成功了。

完成的奶油要分離水分（這似乎就是低脂牛奶），再用餐巾紙細心地擦乾。

畢竟都難得做出奶油了，其中一半就加入葡萄乾、鹽巴還有肉桂做成「葡萄乾奶油」。

做好的葡萄乾奶油放進冰箱冷卻後，我們四個人便來試吃。

「嗯！好好吃！」一美學姊這麼說。

「真的耶，有夠好吃的呢～～」石田這麼講。

燈子學姊述說「葡萄乾的甜味跟奶油的鹹度搭配得剛剛好」這樣的感想。

我也將葡萄乾奶油放進嘴裡，吃了一口。奶油豐富的滋味、葡萄乾的酸甜在嘴裡擴展開來。

「這可真好吃，比外面賣的還要好上許多吧？」

一美學姊舔了一下嘴唇，低語道：「這下子會想要喝個酒啊。」

就這樣，「燈子學姊的挑戰系列」第一彈「用牛奶製作奶油」結束了。

發布之後得到的迴響還不錯。

燈子學姊專注其中的樣子滿可愛，在氣頭上把牛奶灑出來的場面也有不錯的點綴效果。

最後大家試吃葡萄乾奶油成品的場面，同樣讓人覺得滿溫馨的。

留言區的反應大部分也都很好。

可是黑粉的留言比上次更加顯眼了。

而且還出現順著黑粉留言繼續回的傢伙。

……或許需要擬個對策來應付……

我開始思考這樣的事。

就這樣，終於來到四月最後一週的星期五，繆思小姐的發表日。

我們前去第一學生餐廳。

這裡是最大間的學餐，有將近七百個位子。

今天會在這裡進行「被選為繆思小姐的九個人」的自我介紹。

現在在這裡的只有繆思小姐的參加者，以及推薦她們的團體或社團相關人士。

對於其他學生，則是透過網路轉播這裡發表的內容。

我、燈子學姊、一美學姊、美奈學姊、麻奈實學姊以外的同好會成員也有許多人來。想當然耳，石田也在人群之中。

「今天終於可以結束這一切了。」

在我身旁的燈子學姊這麼說。

「該不會，學姊其實很不想參加？」

我這麼問之後，燈子學姊便用拳頭抵住下巴。

「嗯～～一開始確實是覺得無可奈何啦……可是實際參加起來，好像意外地滿開心的。總覺得我似乎也發現了自己新的一面。」

……燈子學姊新的一面？

我不禁回想起「穿起動物比基尼跳舞的燈子學姊」。

「燈子，其實妳是因為有一色陪著才樂在其中吧？」

坐在更旁邊的一美學姊像是在開玩笑般地這麼說。

「一、一美，妳真是的，突然講什麼啦！」

「我說的有錯嗎？真要說起來，要不是有一色在，燈子根本就不會參加這個繆思小姐吧？」

「這、這跟一色又沒關係，不是那樣的……」

說出這種話的燈子學姊斜眼瞄向我。

「所以說，燈子的意思是一色在不在都沒差嘍？」

「也不是那樣……關於這部分，果然還是有一色在才好……畢竟我跟他相處起來很輕鬆。」

「哦～」

一美學姊露出賊笑。

我覺得看起來坐立難安的燈子學姊顯得有點可憐。

「對我來說，能陪同參加這次的繆思小姐很不錯喔。過程中相當開心，最棒的是我能幫上燈子學姊的忙。我也留下了很美好的回憶。」

燈子學姊害羞似的說了聲：「謝謝。」而一美學姊又像在戲弄人般地吹起了口哨。

「一色也很敢說了耶，有成長嘍。是說啊，這種很有男子氣概的台詞我並不討厭喔。」

她先是打住話頭，放下蹺起的二郎腿後又凝視著我：

「不過實際上，我覺得一色跟石田都很努力嘍。照目前的狀況，燈子應該確定名列繆思小姐了吧？」

對於一美學姊說出的這番話，燈子學姊慌張否定：

「別這樣講，目前還說不準呢。畢竟評分基準那些都沒有公布啊。」

我也掀開膝上的筆記型電腦，一邊開口：

「的確。不過燈子學姊目前為止的追蹤人數居於第三名，而第二名的果憐追蹤人數是一萬一，差距在二十上下，基本上可以說是誤差範圍。儘管嚴格來說，評分基準並非追蹤人數，不過繆思小姐的投票網站直到途中也都有跟追蹤人數連動，所以應該不會有錯。」

繆思小姐的後半戰氣氛炒得很熱，也有許多新生訂閱社群網路之類的發展，使得候選人的追蹤人數一口氣增加了。

「這樣啊。畢竟投票網站一週只會統計一次，這樣沒辦法知道最後的結果。我順便問一下，龍膽朱音的追蹤者人數目前怎樣？」

「龍膽朱音是一萬兩千，排名第一。雖說和一開始相比，我們已經縮短許多差距……」

對我來說，這點十分遺憾。

「一色不用那麼在意喔，這也是因為我一開始沒有更積極一點……」

燈子學姊說話幫我圓場。

這時一美學姊隨意甩了甩右手。

「你們兩個都沒必要那麼在意啦。站在同好會代表人的立場來說，無論燈子排第幾名，只要名列繆思小姐就可以了。那樣就能拿到長年來夢寐以求的社辦，學校也會分配補助款。我當上代表人以後才過兩個月，就能達成以前的代表人都辦不到的事情，老實說我很自豪喔。」

一美學姊露齒微笑。

「可是一美學姊的指揮也很不錯喔，也有適當地採納我的意見。」

我說出心裡想到的事。

如果同好會會長不是一美學姊，我的意見說不定會被美奈學姊完全剔除。

「你能這麼說，我也鬆了口氣啊。老實說，其實我還滿猶豫的。一色有拿出數據、提出各種點子，真的幫了我很大的忙。我才應該向你好好道謝。」

「怎麼會呢？請別這麼說。畢竟我自己也不是很有自信。」

「無論如何，這個活動都會在今天結束。可以回到平常的學生生活啦。」

一美學姊這麼說的時候，主持人走上設置於我們正前方的講檯。那個人八成是社團協議會的成員吧。

「讓各位久等了。接下來要發表『由城都大學學生所擇選，發掘具有各種魅力的女性的企畫』，第一屆『繆思小姐比賽』的結果！」

會場盛大地響起事先準備好的音樂，與此同時，觀眾席也發出歡聲。

從講檯正前方的投影機放映出來的影像中流過許多透過網路傳來的留言。

這種活動辦起來果然會很熱鬧啊。

「就像大家已經知道的，我們直到去年都是在校慶決定誰是城都大學小姐。不過自今年起，我們開始在這種活動中加入迎接新生的要素，因而決定在五月慶典前舉辦這場繆思小姐比賽。」

螢幕上並列著城都大學小姐歷年冠軍的大頭照。

其中也有那個龍膽朱音。

「繆思原本指的是希臘神話中出現的九名智慧女神，各個女神司掌著不同的才華。我們社團協議會也是借用這個意涵，舉辦了以參加者本身具有的才華或魅力為焦點的比賽。」

一開始還吵吵鬧鬧的會場，不知不覺間轉為一片寂靜。不知道是不是因為即將發表入選者，讓大家都緊張起來了呢。

而且……我也一樣緊張。

就社群網路等處的統計來看，燈子學姊位居第三，如果是挑前九名，她一定會入選。可是既然沒有發表挑選的基準，就沒辦法篤定「這樣一定會入選」。

我往旁邊看了一下，燈子學姊也是一臉緊張。

「報名的女性總共有八十二名。接下來要介紹各位投票選出的九位女神。被點到名字的人，還請來到台上！」

會場又變得更加安靜。能感受到大家因為人選即將發表，使得氣氛十分緊繃。

「首先是『音樂女神』！」

主持人就這樣陸續發表「美術女神」、「文學女神」、「戲劇女神」、「舞蹈女神」、「歌唱女神」。

入選者的介紹網頁顯示在後方的螢幕上。

目前還沒有提到燈子學姊的名字，也沒提到龍膽朱音跟果憐的名字。

到這一步都還在預料之中。因為與藝術相關的女神這部分，都有擅長那些特質的人們報名。

雖說這場比賽並不是讓人「挑選自己擅長的領域報名參加」，但報名者當然會採取符合該領域的宣傳方式。

問題在於剩下的三個空缺。燈子學姊能擠進其中的名額嗎？

我再次看向燈子學姊那邊。

不曉得是不是因為比剛才還要緊張，她的表情相當緊繃。

在她旁邊的一美學姊、美奈學姊、麻奈實學姊的表情也很僵硬。

「接下來是『魅惑女神』！這是從照片和影片充滿魅力，支持者充滿熱情的留言較多的候選人當中挑選出來的。」

由於剩下的空缺很少，緊張程度更高了。

「文學院英美文學學系二年級，蜜本果憐！」

「哇啊！」這樣的歡聲在會場一角湧現，身穿粉紅色輕柔可愛服裝的果憐就在那裡站了起來。

果憐原來待在那種地方啊？她好像用雙手遮住嘴巴，表現出「是我嗎？真難以置信」一般的驚訝表情……不過那應該也是演的吧。

然後果憐四周的人要她快點上台，她也就帶著笑容邊揮手邊走去台上。

儘管如此，她的態度多少令人感受到她很從容。

主持人說「請發表一下感想」，將麥克風遞給果憐。

果憐微微一笑而接下麥克風後，宛如偶像般地面向觀眾席開始說話：

「各位～真的很謝謝你們願意支持果憐！果憐其實一點自信也沒有，名字被叫到的時候啊，也沒有馬上想到那是在叫自己～甚至要旁邊的人講說『果憐，在叫妳嘍』，果憐才第一次意會到。可是啊，果憐在社群網路那些地方都有拚命努力，也是因為這樣才能得到大家的支持，在這裡被選為繆思女神的一員，果憐真的好高興！果憐最後再說一次，各位，真的很謝謝你們～～～！」

……還真會說啊。她剛才走出來的時候，那種態度明明就是「抱持自己絕對會被選上的自信」才會有的態度吧。那傢伙是能因應不同場合，讓身心都化為不同人的類型啊……

我感到傻眼地看著果憐。

果憐跟其他入選者站在一起後，主持人又開始高聲發話：

「繆思小姐的名額終於只剩下兩個了。接下來的女神是……『智慧女神』！入選者是身為知性派美女卻挑戰打破其形象的各種事物，並揭露各式各樣知識的……理工學院資訊工程學系三年級，櫻島燈子！」

「哇啊！」「哦！」

會場的反應更加熱烈了。

這想必就是除了我們同好會的成員以外，還有許多人支持燈子學姊的證據吧。

至於燈子學姊這個當事人的情形……

她的面容朝下，紅著一張臉，還是暈頭轉向的狀態，好像一整個超出負荷了？

「燈子學姊。」「燈子！」

我和一美學姊幾乎同時對她發話。

「我、我沒事。我知道該做什麼。」

燈子學姊這麼說而站起身來，隨即走向正前方的台上。

感覺她腳步有點不穩，真的沒事嗎？

我知道她不喜歡待在有許多人注意她的地方，但她該不會是很容易緊張的類型？

主持人將麥克風指向走至台上的燈子學姊。

「說到櫻島燈子，就會想到『正版城都大學小姐』、『真正的校園女王』這樣的稱呼。我想周遭的人也寄託了相當大的期待。實際參加繆思小姐後，妳覺得怎麼樣呢？」

然而燈子學姊看似仍有些暈頭轉向。

「呃，嗯，周遭的人們有一起來幫我……我也體驗到了各種事物……比預料中的還要開心。」

嗯～～如果是平常的燈子學姊，應該會更俐落地說出很有勁道的內容吧。

「燈子其實不太擅長應對出人意料的事，畢竟她意外地很容易緊張。如果是事前有做準備的議論那些，她才會非常厲害。」

一美學姊像是要對我說明似的這麼說。

原來是這麼一回事啊。

不過呢，真要在這種地方談論「選美比賽究竟是什麼」也會令人困擾就是了。

燈子學姊也在台上站到果憐身旁。

「接著發表最後一位女神的名額！『表現女神』這個位子，我們挑選時考量的是傳遞自我主張的能力，以及作為網紅的影響力等。得獎者是……文學院大眾傳播資訊學系三年級，龍膽朱音！」

會場果然傳出了「哇啊啊！」「厲害！」等的歡聲。

不過與此同時，我也聽見有地方傳來「嘖」這樣的咂舌聲。

往旁邊一看，只見美奈學姊和麻奈實學姊同樣表情不善。

龍膽朱音毫不在意周遭對她發聲的支持者，理所當然似的帶著一張遊刃有餘的表情上台。

「那麼，可以請龍膽朱音說幾句話嗎？」

「謝謝大家的支持。我去年、前年都贏得城都大學小姐頭銜，對於歷史悠久的城都大學小姐廢止一事感到十分遺憾。不過今年舉辦了繆思小姐，而且在這場『發掘女性多元魅力』的比賽當中，我也能像這樣獲選，代表我在多元魅力這方面也得到好評，我真的很引以為傲。實在非常感謝支持我的大家。」

她說出這種從容到不行的感想。

「不愧是龍膽朱音，派頭有如女王一般。那麼請站到這邊。」

她站在主持人指出的燈子學姊身旁。

被選為繆思小姐的九個人在台上站成一列。

「那麼，第一屆繆思小姐的九名女神在此誕生。請大家給予熱烈掌聲！」

拍出巨響的掌聲席捲了整個會場。

……這樣就全部結束了。結束後回想起來，總覺得好像有點平淡啊……

我想著這種事，把體重壓在椅子上，採取輕鬆的坐姿。

接下來在這裡等主持人做個「繆思小姐發表結束」的收尾，這一切就結束了吧。

主持人再次拿起麥克風：

「現在站在這裡的九位繆思小姐女神，我們想在五月慶典之際再一次好好地介紹給大家，也非常感謝這九位以外的每一名參加者，擔任推薦人的各位同樣辛苦了。另外不可或缺的是表達支持，以及投下一票的大家。可以說正是因為有眾人的支持，繆思小姐才會舉辦得這麼成功。」

雖說這是主持人收尾的致詞，不過總覺得大家都聽得漫不經心。

會這樣也很正常，畢竟繆思小姐的發表已經結束了。

已經不需要再表達支持，接下來只會回到平常的大學生活。

「在這樣的盛況下，還有一件事情要拜託大家。我們想從這九名繆思小姐的女神當中，決定出一名『代表』。」

……咦？他剛才講了什麼？……

我原本整個人放鬆坐著，卻不禁挺起了上半身。

周遭的人們也是一副「發生什麼事了？」的感覺。

主持人環視會場這種狀況的同時，好像也露出了賊笑。

「這場繆思小姐比賽是由許多企業贊助才能成立的。我們需要在力所能及的範圍，協助那些企業的廣告活動。最重要的是，在選美比賽已經廢止的當下，仍然需要有人作為大學的『顏面』進行宣傳之類的活動，因此，我們無論如何都需要從九位女神當中選出一名『代表』。」

待在台上的女神們也露出目瞪口呆的表情。

會這樣也是理所當然的。因為之前聽說的是「繆思小姐只是要選出具有特色的九位女性，其中沒有要做排名」。

可是，在她們之中……只有兩個人「覺得這是理所當然般」地聽著主持人說的話。

就是龍膽朱音和蜜本果憐！

……難不成那兩人早就知道要決定「稱作代表的冠軍」一事？……

「哦────！不錯喔！就是要這樣才好玩！」

會場有人這樣大喊。

「對嘛！只是單純選九個人沒什麼意思——————！來決定誰是第一名吧！」

「活動可還沒結束喔！」

「加油～～～！」

會場各處傳出各式各樣的喊聲。

……也就是說，這九個人實際上只是選美比賽晉級決賽的選手？……

我並不反對選美比賽本身。

我反而覺得既然那是讓大學生活更熱鬧的活動，就應該舉辦才對。反對選美比賽的人，像燈子學姊那樣不參加就行了。

可是這次並不一樣，燈子學姊討厭的「分出排名」部分是事後才追加的。

而且這件事可能只有龍膽朱音跟果憐知道。

我以險惡的目光凝視台上以後，主持人這麼說：

「各位，請安靜下來。此外，代表決定會是在五月慶典當天，將於五月黃金週結束後的第一個星期六，下午一點起在大學的講堂舉辦。我們會用當時『來自一般投票者的投票』選出前三名，並依據相較於全體人數的得票比例，以五十分為滿分算出得分，再由五名審查員來進行加分。每一名審查員都有十分，最後會以『一般投票者的投票得分』和『經由審查員的得分總和』來決定滿分為一百分的分數。」

用『一般投票的五十分」和「審查員的五十分」相加的總得分來決定？

他說的審查員到底是誰啊？

至於似乎連繆思小姐參加者都沒頭緒的代表決定戰又是什麼？

我感到心中有股不知來由的焦慮。

八　黑粉出現，這是陷阱嗎？

繆思小姐發表會過後，我們四人（我、燈子學姊、一美學姊、石田。美奈學姊和麻奈實學姊有其他事）聚在離大學有段距離的家庭餐廳。

「沒想到會演變成這種情形……」

聽到燈子學姊疲憊似的這麼說，一美學姊也接著表示：

「對啊。本來想說今天就結束了，他們卻說『接下來要決定第一名』那些。」

「各位，真對不起。都是因為我，害你們又被捲進了麻煩事。」

燈子學姊看似十分過意不去地低下頭。

「不，這並不是燈子的錯。」

一美學姊斬釘截鐵地這麼說。

「這次營運方的發表不管怎麼看都很突然。雖然對營運方來說，那或許是打從一開始就計畫好的事情，可是所有參加者應該都毫不知情吧？」

但我對於一美學姊那樣的意見表達疑惑：

「真的每個人都不知道嗎？」

「你這話是什麼意思啊，一色？」

「主持人發表『要決定代表』的事情時……」

我環視大家的面容。

「的確，台上幾乎所有人都嚇了一跳。然而只有龍膽和果憐彷彿老早就知道這件事情，十分平靜。」

「是這樣嗎？」

一美學姊向我確認。

「當然因為有段距離，我沒辦法看得非常清楚，可是看在我的眼裡就是那樣。」

聽了我這番話的燈子學姊，擺出好像在思考什麼的表情。

「燈子，妳有什麼頭緒嗎？」

「我也對『接下來要決定代表』的事情很驚訝，沒有仔細地看清楚。可是……」

燈子學姊看了我之後，視線隨即移向一美學姊：

「當時，我感覺龍膽有微微露出笑意。」

「「龍膽朱音笑了？」」

我和一美學姊異口同聲。

「就像剛才說的一樣，我並沒有看得那麼清楚，無法輕易斷言，可是她的嘴角有一瞬間好像放鬆不少。」

「我順便問一下，果憐那時怎樣？」

聽到我這麼詢問，燈子學姊搖了搖頭。

「我不曉得果憐的狀況。龍膽也只是剛好站在我看向主持人時會瞄到的位置，自然而然進入我的視野而已。」

原來如此，台上的狀況是果憐、燈子學姊、龍膽朱音依序站著，主持人則站在離她們有段距離的地方。照這個排列方式，學姊看不見果憐的模樣也是理所當然的。

「「「嗯～～」」」在場所有人都不禁陷入深思。

過了一陣子後，石田開了口：

「關於這點，就算繼續思索也無濟於事吧？無論如何，今後最重要的還是要在代表戰中成為最後贏家。」

我也贊同他的這個意見：

「是啊。正如石田所言，接下來是黃金週收假後舉行的代表決定戰。我們得思考該怎麼面對這場賽事。」

一美學姊看向燈子學姊：

「我也這麼想……可是燈子妳呢？妳還有繼續比下去的意願嗎？我認為妳不願意的話，辭退代表決定戰也沒關係喔。畢竟選上繆思小姐的那一刻，同好會的目的就已經達成了。」

燈子學姊一臉難色地思考了一陣子，後來還是抬起臉來，果斷地這麼說：

「就我來說，忽然變更終點這部分，以及好像被營運方玩弄於鼓掌之間這點令人不悅。可是都走到了這一步，我也討厭在這一刻採取逃避的態度。既然都這樣了，我們就全力拚到最後吧。」

「這樣才有燈子學姊的風格！」

石田興高采烈地這麼說。不過我的心情也跟他一樣。

「那我就來調查該做些什麼來應付代表決定戰。畢竟目前知道的事情只有『分數有一半來自一般投票』、『另一半是經由審查員來評分』。」

「我也會以同好會代表的身分向協議會確認看看，這樣應該能得知比較正式的內容。」

「我該做些什麼呢？」

對於這麼說的石田，我下達指示：

「石田，我晚點有話跟你說。希望你能跟我一起調查我在意的事情。」

「你要調查什麼？」一美學姊這麼問道。

「那個現在還不好說……等狀況明確到一定程度以後，我會再做說明的。」

一美學姊只回我：「這樣啊。」沒有再繼續追問下去。

「同好會的大家就由我去通知了。雖說繆思小姐的活動進入了延長戰，不過今後我們還是要一起繼續加油！」

「「「哦——！」」」

如此這般，我們的戰鬥進入了第二回合。

「一色，可以耽誤你一點時間嗎？」

走出家庭餐廳之際，燈子學姊這麼對我搭話。

「啊，好的。我沒有問題。」

雖然覺得有點意外，我還是立刻回答。

……她只找我嗎？……

我這麼想而轉向一美學姊那邊——

「那我跟石田就先回去了。」

他們理所當然似的走向車站去了。

看來這次依然有顧慮到我們。

「要去哪裡呢？」

我這麼詢問燈子學姊——

「我知道有間咖啡廳挺安靜，也適合聊天。去那裡如何？」

她這麼回答，踏出腳步。

燈子學姊帶我去的是跟大學間隔著車站的另一側，一條小路裡的民宅風咖啡廳。外觀低調到乍看之下不會覺得那裡有一間咖啡廳。

坐到椅子上的燈子學姊將菜單遞給我。

「這裡的午餐很好吃，不過咖啡和蛋糕也很棒。」

燈子學姊向走過來的女服務生點了草莓塔和奶茶，我則是點了蒙布朗跟咖啡。

「唉～～本來還以為黃金週就解脫了～～」

這麼說的燈子學姊沮喪地垂下肩頸，身子向前壓低。

「代表決定戰果然讓學姊壓力很大？」

「還不至於有壓力，可是『終點變遠了』就讓人覺得有點微妙啊～～」

「剛才一美學姊有提過『不願意參加的話，可以辭退代表決定戰』呢。」

「我倒沒那麼排斥，但這樣也會給大家造成更多負擔吧？」

「不過美奈學姊她們幫忙的時候好像滿開心的。」

「一色呢？」

「啊？」

燈子學姊這麼說而抬起臉來。

「你覺得怎樣？」

「我嗎？我當然也很開心，覺得做這些事很有意義。像這種分析數據、擬定對策的工作，說不定還滿適合我的。」

「這樣啊。既然如此就好。」

燈子學姊浮現安心似的表情。

「其實這次的繆思小姐，我也滿樂在其中的。像是跟大家一起做了些什麼，十分開心。況且一色跟石田也為我思考了許多事情，我也獲得以前從未經歷過的體驗。」

「說的也是。比如說角色扮演，平時根本沒什麼機會做嘛。」

結果燈子學姊露出看似有些害羞的表情。

我看著那樣的燈子學姊，想起她那個「穿數貓比基尼做角色扮演的模樣」。

「唔、嗯，你說的對。該說那類事物也令人滿開心的嗎？我算是有了新發現吧……」

燈子學姊紅著一張臉，著急似的這麼說，然後眼神上瞟地看著我：

「我、我並不是想要扮成那個樣子才穿的喔。單純是以前就一直覺得那很可愛，有點興趣罷了……」

「我什麼話都沒說喔。」

「可是你剛才有想起那件事，對不對？」

「嗯，想了一下下。」

「……傻瓜……」

就在燈子學姊微微低頭這麼說之際，女服務生端來了蛋糕套餐。

而在女服務生離開後——

「櫻島燈子？」

男女四人才剛進入店內，其中一人就忽然高聲這麼說。

往聲音傳來的方向一看，只見那裡有個感覺相當符合「奢華」這個形容詞的女性。

那是我在網路上看過好幾次的面孔，也是今天剛在繆思小姐會場親眼見到的面孔。

她是前年、去年的城都大學小姐，同時也是本年度的繆思小姐「表現女神」龍膽朱音。

而她的身後有著果憐和兩個男人。

「龍膽？」

「妳怎麼了？看起來好像有些垂頭喪氣，是在擔心什麼嗎？」

龍膽朱音皮笑肉不笑地這麼說著。

「我沒有垂頭喪氣喔。龍膽來這裡是要慶祝累人的事情告一段落嗎？」

「我又沒做什麼令人勞累的事，只不過是來喝個茶罷了。」

不過從她的目光裡，彷彿能看見她對燈子學姊的敵意正熊熊燃燒。

龍膽朱音擺出訕笑般的表情。

「這樣啊。」

燈子學姊只講了這幾個字就喝起奶茶。

不知道為什麼，龍膽似乎心有怨恨地凝視著那樣的燈子學姊。

「欸，這次我們都難得在這裡碰頭了，要不要跟我打個賭？」

「打賭？」

燈子學姊露出一副覺得很不可思議的表情。

「沒錯，來賭賭看能成為繆思小姐代表的到底是我還是妳。」

聽見這番話的燈子學姊神情有些嫌惡：

「繆思小姐可是有九個人，也不見得一定就是我或妳其中一人成為代表。果憐成為代表的可能性也很大喔。」

「櫻島沒有成為代表的自信？」

「嗯，沒有喔。而且我也沒打算為那種事情競爭。」

燈子學姊理所當然似的回應。

然而龍膽朱音持續挑釁：

「既然妳抱持那種只是過過水的念頭，那我還真希望妳連繆思小姐都別當了。我可是十分認真地面對這場比賽呢。」

「我也自認一直都有全力以赴喔。」

「嗯～～但妳沒有自信吧？會這樣也對啦，畢竟陪在身邊支持妳的夥伴看來挺不中用的，怪不得妳會擔憂呢。」

聽見這句話的時候，我覺得燈子學姊眼裡好像發光了一樣。

「妳剛才……說了什麼？」

「我說妳的夥伴不中用，看起來沒辦法依靠喔。換句話說，差不多就是『一群無能的傢伙』吧。既然是那種人在幫妳，那妳想必不會有自信的。」

燈子學姊表情忽然變得很凶，瞪起龍膽朱音。

「妳那句話給我收回去。妳想怎麼說我都沒關係，但我不容許妳汙辱我的朋友！」

「我只是因為妳說沒自信，才推測了一下妳沒自信的原因。我講了什麼不好的話嗎？」

龍膽朱音始終維持著挑釁的態度。

那樣的她瞪起燈子學姊：

「如果妳要我改口，就得跟我比一場並且贏過我嘍。」

「好啊，既然妳都說到這種地步，我就陪妳比一場。說出妳的條件吧。」

「燈子學姊！妳沒必要順著她的意思決勝負啊！」

聽見這番話的我慌張起來：

然而燈子學姊並未回應我這句話。

龍膽朱音臉上浮現更具挑釁意味的笑容：

「其實我想說『輸的人就直接退學』，可是再怎樣都不可能做到那種地步吧。」

這是理所當然的。倘若這是決勝負的條件，我會在這裡拚盡全力阻止。

「櫻島要是輸了，就針對妳至今稱作『正版城都大學小姐』這事謝罪，以文章和影片的形式在網路上發表，這樣如何？這點程度的小事妳應該辦得到吧。」

燈子學姊明明就不是自己那麼稱呼的……

「要是我輸了，也會針對自己說櫻島的同夥『不中用』這事道歉。」

「這樣燈子學姊的懲罰不是比較重嗎！」

我如此發聲，但燈子學姊制止了我。

「兩邊都沒成為代表的狀況呢？」

「那種狀況便看誰拿到的分數高來決勝負吧。」

「如果同分怎麼辦？」

「那就只能當作平手。不過要我道歉也沒關係喔。」

燈子學姊做出稍作思考的樣子。

「我知道了，那就這樣吧。」

「是說我們一定會分出個高下的，妳不必擔心，一定會以『我成為代表』的結局收尾喔。」

龍膽朱音這麼說完後，就背對我們前去別的桌位。

她從頭到尾完全沒有看向我這邊，想必代表她根本就不把我看在眼裡吧。

而在這段時間內，果憐一句話也沒說。

可是她看起來好像有什麼話想說，也一直看著我。

與龍膽朱音分別後，我們一語不發地吃著蛋糕，接著離開店面。

乘上電車後過了一段時間，燈子學姊率先開了口：

「剛才我願意跟龍膽朱音分出勝負，一色覺得很不可思議嗎？」

「嗯，是啊。」

畢竟燈子學姊確實沒必要順著那種挑釁，我覺得那有點不像她的個性。

「可是，大家明明全心全意在幫我，她卻把大家的心力講得好像『沒有半點作用』一樣……這讓我覺得很對不起大家……」

說出這些話的燈子學姊露出悔恨似的神情。

她無法容許我們受到汙辱。

正是因為知道這點，當下我也沒再繼續插嘴。

「沒關係的，我想大家一定也能理解今天的狀況。重點是，既然都決定要分出高下了，我們大家就同心協力來獲勝吧！我一點都不想輸給那種人！」

見我果斷地這麼說，燈子學姊露出安心似的表情，點了點頭。

隔天……我聯絡了石田。

找他是為了「談談昨天的事」。

我們在常去的家庭餐廳會合。

我先到了現場。不過隔差不多五分鐘後，石田也來了。

「你說有事要談，是昨天講的『要我調查的事情』嗎？」

一坐到桌位上，石田就這麼說。

「也要談那件事，但在那之前我有別的事情想說。昨天後來……」

我把昨天「燈子學姊和龍膽朱音要分出高下」的事情說了出來。

「真的假的～～龍膽朱音居然做出那種挑釁喔？」

石田驚訝地提高嗓音。

「我也很驚訝呢。況且她完全就是針對燈子學姊來戰的。」

「這樣啊。可是燈子學姊也沒必要順著她的挑釁吧。」

「燈子學姊沒辦法忍受龍膽取笑我們這些幫手。」

「這點我是很感激啦……你這件事有跟一美學姊她們說嗎？」

「還沒。我是有打算跟一美學姊說，卻覺得跟美奈學姊說好像不太合適。畢竟美奈學姊和麻奈實學姊非常討厭龍膽朱音。」

「是啊，我也這麼想。感覺會引起不必要的爭端。」

講到這裡，石田改變了話題：

「話說回來，你昨天說『想要我一起調查的事情』是什麼啊？」

我拿出筆記型電腦，打開瀏覽器給石田看。

「我說的是這個。」

「嗯，這是燈子學姊資訊網頁裡頭的留言板吧。這有什麼問題嗎？」

「你看一下留言區。這裡、這裡，還有這裡。」

我指出的部分寫著斥責燈子學姊的留言。

「啊～～是黑粉啊。可是這也沒辦法避免吧。愈來愈拋頭露面、引人矚目的話，黑粉會增加也是理所當然的嘍。」

「這點我也很清楚。可是那些留言出現的方式讓我滿在意的。」

我再次讓斥責燈子學姊的留言部分顯示出來。

「絕大多數的留言都對燈子學姊表達好感，畢竟這是支持候選人的網站，會這樣很合理。不過留言出現的狀況大致上都有固定規律。比如說會在新的照片或圖片上傳時留言，或是像今天這樣有什麼發表時留言。不過這種斥責留言真要說起來，比較像是在固定時間留下的，還是集中在很多人存取頁面的時間帶。」

「真的耶，大多是在晚上十點到十二點之間留下的。」

「不只如此，一個人留下斥責留言以後，還會有人接二連三地留下將近十則的留言，這樣的操作就會讓斥責性質的留言十分顯眼。」

凝視螢幕一陣子後，石田抬起臉來。

「所以你想說的是，有人經過規劃才寫下這些斥責留言？」

「我不會說全部都是那樣，但我覺得可能有那樣的一群人在。」

我進一步將另外兩則留言排在一起顯示。

「比如說這個跟這個留言，雖然ＩＤ不同，但寫法滿相似的吧？像是以『什麼什麼笑死』開始的寫法，還有每兩行就會寫一次『Ｗｗｗｗ』之類的。」

「原來如此，確實很類似。可是真要說起來，如果沒有取得ＩＰ位址，就沒辦法斷定是不是同一個人寫的。」

「縱使有拿到ＩＰ，連接自家網路跟沒有接Ｗｉ-Ｆｉ，經由電話網路連線的狀況又不一樣，沒辦法找到人吧。」

「也是呢。更何況檢舉這種程度的黑粉留言也沒啥意義。況且對黑粉最好的處置方式就是『放置不管』喔。」

「我之前也是這樣想。但我擔心假如黑粉的聲量變得比現在更大，或許會對代表決定戰造成負面影響，畢竟那可是要在短期間內分出勝負。在起爭議的狀態下進入投票階段就不妙了。」

「原來如此。那我該做什麼才好？」

「你能不能幫忙調查寫下黑粉留言的ＩＤ呢？我會寫出能把那些ＩＤ的留言時間和留言內容抽取出來的程式，但畢竟單靠我一個人來處理，很難全部都網羅到，希望你能幫我。」

「我知道了。這件事你不找同好會的其他人一起幫忙嗎？」

「目前倒還不用。就現況來看，還不曉得那是不是有組織性地要陷害燈子學姊。而且燈子學姊看了這種留言應該也會受到打擊，我想先觀察一下狀況再找其他人。」

「了解啦！畢竟接下來要進入黃金週了，就來調查看看這段期間會有什麼動態吧。」

石田很快便答應我了。

對我來說，這也讓人比較放鬆一點。

一個人做調查跟有人可以陪著商量，兩種狀況在心情上果然會有相當大的差距。

然而我的擔憂看來是猜中了負面的方向。

進入黃金週的第一天，一美學姊就來了聯絡。

「不好意思，雖然有些突然，不過你今天能安排時間見個面嗎？」

「是可以。發生什麼事了嗎？」

「我想談談網路上的留言……」

光只聽這句話，我就知道一美學姊想要說什麼了。

之前就曾看到的那些斥責燈子學姊的留言，最近又變得更多了。

其中甚至有超過斥責的程度，只會讓人覺得是中傷的留言。

「雖然燈子說『不在意這種留言』，但她看起來真的有受到打擊。所以我在想，有沒有辦法做些讓燈子安心的事……」

「我知道了。關於這部分我也有些想法，會邀石田一起去喔。」

「太好了。那我也會跟燈子一起過去……」

我們約在我跟石田常去的國道邊那間家庭餐廳，下午一點會合。

我跟石田幾乎同時抵達了家庭餐廳，一美學姊和燈子學姊也在稍晚開車到來。

不知道是不是我多心，總覺得燈子學姊表情僵硬。

然而一坐到位子上，燈子學姊就這麼說：

「不過就是網路上那種罵人的留言，沒必要叫大家像這樣聚在一起吧？我一點也不在意啦。」

對於這番話，一美學姊露出擔憂似的神情：

「就算妳這麼說，誇張過頭到跟中傷沒兩樣的留言依舊不能放著不管，沒半點根據的負面流言在網路上傳來傳去也會造成困擾。感覺不只是繆思小姐，連今後的大學生活也會受到影響。」

被這麼一說，燈子學姊就往下看，緊咬著下唇。

總覺得她的臉色也挺蒼白的，該不會沒有睡覺吧？

對一般人來說，突然在網路上接收到「帶著惡意的言語」時，精神上受到的打擊其實意外地大。

再加上即使個性堅毅，燈子學姊仍是一名女性。

目前這種狀況，她也沒辦法對那些留言提出反駁。

在這種時候，正需要由周遭的我們來扶持她。

而且如同一美學姊所說，過火的謾罵不會止於繆思小姐，很有可能也會對今後的生活造成影響。我們需要監視並設法應付。

「關於這方面，那一連串黑粉留言我看下來以後，有感受到一些事。」

「感受到一些事？」

燈子學姊似乎有些訝異地看著我。

「我指的是這些黑粉留言或許是由特定的一群人刻意留下來的。」

「你怎麼會這麼想？」

一美學姊發問。

我把事先印好的小冊子遞給大家。

「對燈子學姊留下黑粉留言的主要是這份ＩＤ，共二十個。不過從這二十個ＩＤ留言的習慣和時間那些來看，我覺得很有可能是同一個人利用多個帳號來留言的，所以實際做出黑粉行為的人應該可以視為約有十個。」

「只不過十個人就能讓斥責留言這麼顯眼？」

「有十個人就很夠嘍。要是多用一個帳號就有二十人份，畢竟留言跟投票不一樣，可以建立多個帳號。而且用手機看的話，一個畫面能顯示的留言也就六則上下。只要連續發出斥責留言，就能在留言區營造強烈的批判氛圍。」

石田接在我後面說：

「對啊，畢竟一般人根本就不會去留言。至於懷有好感的留言呢，如果沒有強烈到一個程度也不會刻意去留。」

我再繼續說下去：

「這些人是打算發揮少數群體影響力（Minority Influence）。」

「少數群體影響力？」一美學姊回問。

「嗯，也就是少數派壓過多數派的意見，決定方針的情形。就算是少數派的意見，在『意見團結一致』、『思想、主張具一貫性』、『做主張的人在團體中具發言權的狀況下』，對於群體的影響力就有可能比多數派更大。這種情形好像也時常在現實社會發生。」

「啊～～聽你這麼一說，實際上討論事情的時候也一樣，要是有幾個發言力比較強的人在，就算大多數人不贊同他們的意見，到最後也有可能會順著他們的意思走。」

「原來如此。」

燈子學姊也像是表達同意而接著說：

「確實有可能就如你說的。關鍵多數理論也跟那個很像，據說少數派約有百分之三十五『就能聯合起來影響整個群體』，因此企業也會以女性幹部占三成以上為目標的樣子。」

講到這方面的話題，燈子學姊就很熟悉了。看來她已經恢復冷靜。

我繼續把話說下去：

「而且網路上沒辦法看見所有參加者的臉，發言者的主張很容易強烈地表露在外。如果是在現實中交談，倒還可以從參加者的臉色或氣氛看出他們不見得都贊同發言者。到頭來『蘊含惡意的斥責性留言』看起來就像網路上的全體意見一樣。」

同意我說的話而點頭的一美學姊抬起臉來：

「我懂你說的『少數群體影響力』了。所以具體上該怎麼應對呢？」

我觀察著燈子學姊的模樣。現在的她應該撐得下去。

「要再觀察一陣子。我認為現在就算急著滅火，也只會演變成留言筆戰，導致爭議延燒得愈來愈大。與其那樣，目前還是放任那些黑粉留下斥責性的留言，讓他們一定程度地露出底牌會比較好。」

「目前只能觀察狀況？」

一美學姊似乎有些無法接受，畢竟她也挺好戰的啊。

「對。當然，如果有可以歸類為極端的誹謗或者毀損名譽的留言，也能考慮在事後對留言者採取法律措施之類的。我們已經留存ＩＤ跟留言紀錄，需要的話想必可以找出留言的當事人。但我覺得對方也不會笨到那種地步就是了。」

「說的對，沒必要特地把事情鬧大。」燈子學姊這麼說。

「不過我也希望黑粉停留在不超過三成的程度，所以想說可以請同好會的大家和其他支持者來幫忙，留下正面性質的留言。」

「我知道了。這個黃金週有迎新露營跟餐敘，我就在那個時候拜託大家吧。」

今年的迎新露營因為沒有訂到住處，所以改成在黃金週的前半和後半辦個一日來回的烤肉活動。

在那個時候拜託大家應該就很夠了。

「這樣也好。要是留言筆戰持續到黃金週結束，感覺也會對代表決定戰造成影響。」石田這麼說。

「況且要除掉黑粉，我覺得一口氣除光比較好。畢竟同一個人不斷寫下一樣的留言，無論內容令人贊成還是反對都會造成反感。」

反過來說，黑粉也不能老是留下一樣的斥責性留言。

「好，就這麼進行。至於時機那些的便交給你拿捏了，一色。」

一美學姊這麼說。

大家的臉色都開朗了起來。

燈子學姊的神情也恢復了光采。

就在我們走出家庭餐廳之際——

燈子學姊說了聲：「過來一下。」把我拉到停車場的角落。

「一色，今天真的很謝謝你。說真的，其實我非常不安又很悲傷，想著『為什麼我一定要被講成那副德行』，可是憑自己根本沒辦法應對……不過今天知道了你像這樣為我調查許多事情，也有在為我著想，我真的好高興。這讓我打從心底覺得自己並不是孤伶伶一個人。」

我強烈地同意她這番話：

「對啊，燈子學姊不是孤伶伶一個人，況且大家打從一開始就決定好要幫到底了啊。並不是只有我、一美學姊、石田，也不是只有同好會的大家支持燈子學姊，燈子學姊有許多支持者，追蹤者有一萬人以上，在那邊斥責的不過就只有二十人呢。只占百分之零點二，就科學的角度來講不過是誤差值的範圍而已！」

聽了我這番話的燈子學姊抬起臉來，露出微笑。

「說的也是，我可不能因為在意這種事情就沮喪下去。嗯，多虧有你，我打起精神嘍！一起加油吧！」

她這麼說而舉起右手後，就回去一美學姊的車子那邊了。

九　戰略家一色優

黃金週進入了後半……

針對燈子學姊的黑粉活動也愈演愈烈。

而黑粉最為活耀的地方，就是位於校內伺服器的繆思小姐留言板。

由於只有城都大的學生會存取那些頁面，黑粉在燈子學姊頁面的留言板上發言可說是毫無忌憚。

第二多的地方是WeTube的留言區，能在各處看見「得意忘形」、「形象變差」之類的留言。

至於大家公認很容易把爭議鬧大的Tritter也有不少黑粉留言，但並沒有預料中那麼嚴重，應該不到會引發問題的地步。

Linstagram則是像大家說的一樣「難以散布」，幾乎沒有負面留言。

所以我打算將對付黑粉的策略鎖定在繆思小姐的留言板上。接下來就是觀察狀況。

我應付黑粉的第一個對策，有運用到「同好會當日來回的迎新露營」。

黃金週前半和後半各有一場當日來回的烤肉活動，我們有把燈子學姊參加活動的樣子上傳社群網路。

燈子學姊之所以會一起來烤肉跟繆思小姐無關，她是把這當成迎新活動的一部分而十分投入。

她也有事先準備好料理和甜點，帶來給大家配烤肉吃，可說相當積極。當然，她那樣的行為都得到大家的好意相待。

而我向大家宣布「今天的照片和影片都會傳到繆思小姐的燈子學姊頁面，希望大家去看」，像這樣把大家誘導到黑粉的所在之處。

一如預料，大部分參加者都在留言區發表了當日來回的露營和烤肉時的開心事、感想等內容。

雖說也有「這是燈子教徒的聚會就對了ｗ」之類的留言夾雜其中，但那種留言埋沒於壓倒性多數的「對燈子學姊懷有好感的留言」之中，不知不覺間黑粉也就不發言了。

此外，我特別請一美學姊、美奈學姊、麻奈實學姊、綾香、有里「在黑粉出現時留下支持燈子學姊的留言」，還要求她們盡量一群人去留，而且要集中火力。

她們這些女性的戰力十分強大，「女生網路」的連繫不容小覷。

大家對燈子學姊的評價本來就不差。雖說起了點小爭議（實際上不到爭議的地步就是）使得支持率暫時下降，但純粹針對她的黑粉其實相當少。燈子學姊的強項就是很受女生歡迎。

再加上「對手是龍膽朱音」這點，讓女生們的戰意也十分高漲。

一有人發現「對燈子學姊懷有惡意的留言」，馬上就會有好幾則滅火的留言隨後留下。

也就是說，我建立了支持燈子學姊的網路。

對於那些擁戴燈子學姊的留言，一開始還有黑粉想鬧成「是燈子本人或信徒護航」，不過那種說法被其他留言埋沒後便自然而然地消滅了。

若要讓爭議延燒，本來就需要有「火上加油的人」跟在「點火的人」後頭添加柴火才行。

而且火上加油的人都很隨興，既有可能幫點火的人火上加油，也有可能站在對立一方的陣線。時機不對的話，點火的人也有可能成為受責難的標的。

針對燈子學姊的黑粉行為就這樣大幅減少了。

在這樣的情形下，一美學姊詢問我。

在同好會第二次烤肉的時候。

「一色說過覺得黑粉針對燈子的行動是有組織性的吧。」

「是啊，我認為那是少數人刻意進行的。當然我沒半點證據就是了。」

「既然如此，他們又是怎樣的一群人？難不成是繆思小姐其他女神的幫手？」

「我一直覺得這個可能性很大。」

「你覺得會是誰的人？」

一美學姊像是在打量著我。

我閉口不語了一陣子。總覺得隨便說出像在懷疑他人的話語應該不太恰當……

「是龍膽朱音或果憐嗎？」

一美學姊卻說出了我想過的事。

「學姊為什麼會這麼想呢？」

我像是要確認般地詢問她。

「繆思小姐的九人當中，最敵視燈子的就是那兩人啦。況且第四名以下的人追蹤人數跟燈子差太多了，我不覺得那是靠黑粉行為就能拉近的差距。這麼一來，也只剩追蹤人數跟燈子相近的果憐，或是稍微高過燈子的龍膽朱音。尤其是龍膽，她對燈子的競爭心似乎相當強烈。」

以現況來看，那樣的可能性確實最大。可是……

「我不想視果憐為會使出那種陰險手段的人，但這麼說也並非斷定為龍膽所做的就是了。」

我如此回應。之前燈子學姊的追蹤人數沒起色時，果憐還特地來提點我。

那樣的她會到了現在才使小動作，藉此貶低燈子學姊嗎？

聽了我的回應後，一美學姊兩手環胸：

「畢竟就你的立場來看，她還是你的前女友啊。我倒不是無法理解你不想把她當壞人的心態……但希望你今後也多加注意那兩人的行動。」

「我並不是那個意思。沒問題，我沒半點想要袒護果憐的想法。」

我有點憤慨地這麼說。

黃金週結束後的大學首日——

第一堂課結束時，跟我上同一堂課的人們聚集到我身邊。

「欸，一色，聽說你支持的櫻島燈子跟去年的城都大學小姐龍膽朱音，要在接下來的代表戰分出勝負？」

我瞬間嚇了一跳。這些人怎麼會知道啊？

「也不用一臉訝異啦。你看，龍膽朱音有在Tritter發文啊。」

聚過來的其中一人拿手機給我看。

『我和櫻島燈子，要在繆思小姐的代表決定戰一較高下。』

雖說只是短短一句發文，但想必足以吸引大家的關注。

她不是在黃金週期間發文，反而刻意挑在開始上課的日子發布，是為了引起矚目嗎？

「所以說，實際上的狀況怎樣啊？哪邊感覺會贏？」

另外一個人這麼問我。

「那種事情誰曉得啊？不過我相信燈子學姊會贏喔。」

「哦～～這樣啊。那我也來下點小注，賭櫻島燈子贏好了？」

「下點小注？什麼意思啊？」

心生疑惑的我這麼詢問之後，最先找我搭話的人回應說：

「現在大家都在賭『誰會是第一名』。」

「啥？你們幾個都在做那種事情哦？」

「不只我們，這事在校內各處都炒得很熱喔。」

「甚至還有人在大學外架設了賭盤的伺服器呢。」

我只想抱頭大叫。真受不了他們，都不知道我們有多費神。

「目前的預測大概是怎樣？」

「勝率最大的果然還是龍膽朱音。無論如何，連續兩年當上城都大學小姐都很了不起。」

「勝率第二高的是櫻島燈子，畢竟她一直被叫成『正版城都大學小姐』嘛。不是說如果她出賽，就一定會拿下城都大學小姐的頭銜嗎？也有不少人押她會奪冠。」

「第三高的則是蜜本果憐吧。不過她也養出了一批狂熱粉絲，看來有機會來場出人意料的大逆轉。」

他們仔細地向我說明。

真是的，居然耗費心力在這種沒意義的事上。

不過繆思小姐本來就是這種慶典活動，會這樣倒也難免。

最先為我說明的人，把手搭到我肩膀上。

「所以我們想說既是人氣第三的蜜本果憐前男友，也待在人氣第二的櫻島燈子身邊的你，應該知道精確的情報吧。」

其他人也像是要逼近我般地把臉湊過來。

「代表決定戰不是有『女神最後的自我宣傳，以及由支持者發表的助選演說』，女神也會在台上回答募集自一般學生的『來自大家的疑問』嗎？如果一色有掌握到那類情報，就跟我們說一下嘛。」

而我彷彿想趕走那群人地站起身子：

「我什麼情報也沒有。不過一如剛才所言，我相信燈子學姊會贏，也會為此傾注全力。現在我能說的就只有這些嘍。」

這麼回應後，我為了前往下一堂課的教室而走向出口。

……代表決定戰果然備受矚目，我真的一點都不想輸。

而且就這方面來說……龍膽朱音八成也有一樣的想法。

這是當天中午發生的事。

石田由於選課不夠完備而被學務處叫過去，我變成得一個人吃午飯。

哎，偶爾獨自用餐也不錯吧。

而且下午第一堂課停課，我因此決定前往與大學有段距離的定食店。

我滿喜歡那間店的酥炸肉排（Escalope）（把豬排放上奶油飯，再淋上法式多蜜醬汁的餐點。原本似乎是北海道根室的鄉土料理）。

而且關於代表決定戰的事情，我也想要獨自思考看看。

進到店裡後我先買了餐券，隨即坐到店家最裡面的桌位。

店員端了水過來，取走餐券。

我喝了一口水，打開筆記型電腦。

……得在這週六前拉到票才行啊……

能在這場代表決定戰投票的基本上只有城都大學學生。

網路投票所需的登入ＩＤ也是大學的電子郵件地址，代表一個人沒辦法持有多個帳號。

以追蹤人數來看，燈子學姊、龍膽朱音、果憐約為一萬五千，幾乎是平起平坐。

其中有多少人是我們大學的學生？

該怎麼做才能更推銷自己？

有沒有其他手上可能有票的人呢？

龍膽和果憐以外的候選人有怎樣的行動？

各種事情浮現在我腦海中。

……龍膽朱音跟果憐，此時又在出什麼招呢？……

「哎呀，我們真是容易碰頭呢。」

忽然有人這樣對我搭話，我抬起視線。

直到剛才都還浮現在我腦海的對象之一——果憐就站在那裡。

「店裡好像滿多人的，我坐這邊喔。」

果憐沒等我回應，就坐上對面的位子。

我陷入在狹小的雙人桌跟果憐面對面的狀況。

她把餐券遞給上前的店員後，一派平常地對我說：

「阿優也會來這間店啊？這裡的酥炸肉排很好吃呢。」

不過我狠狠地瞪了她一眼：

「別演這種爛戲了。妳是知道我在這裡才來的吧？」

無論再怎麼巧都不可能巧遇成這樣，更何況還是在遠離大學的定食店碰上，太不自然了。若要再補充一句，這裡甚至不是果憐會喜歡的那種時髦店家。

「咦？你這麼認為嗎？你覺得果憐本小姐是追你追到這裡來的？還真有自信耶。」

「這可不是自信之類的。真要說起來，之前在學餐遇到妳的時候我也覺得很怪，感覺妳說話的方式好像打從一開始就在觀察我了。」

「那種事情不是巧合嗎？」

「這間店離大學很遠，附近的車站也不是離大學最近的那站，我們學校的學生幾乎不會來這間店，如果是女生就更不用說了。我也是因為石田不在，下午第一堂又停課才會來這裡。明明如此，卻還會跟妳在這邊巧遇，也太扯了吧？」

「欸嘿，被拆穿了！」

果憐俏皮地吐舌，微微地敲了一下自己的頭。

「在我面前裝乖裝可愛沒意義，妳早就知道這對我沒用了吧？」

「重點不在於對你有沒有用，是我整理自己心情的時候需要扮演一下這種角色。」

她平靜地說出這種話。

「妳怎麼會知道我在這裡？」

要是像這樣時不時碰見果憐，可沒辦法冷靜下來思考作戰。

「要是你小看我ＫＧＢ的能耐，我可就困擾了。」

「妳說的ＫＧＢ是什麼鬼啊？」

我邊喝水邊問。

「是『果憐加油ＢＯＹＳ』的簡稱喔。」

噗！我差點把水噴出來。

這傢伙還真有辦法毫不害臊地講出這種話耶。

「那是啥鬼？」

「為我加油打氣，很可～～靠的男生們！」

原來如此。說起來，這傢伙從待在同好會的時候，就一直有幾個男生像她的跟班一樣。

當時身為她男友的我覺得那種狀況讓人不太舒服，可是果憐一說：「那些人是朋友！」我就沒辦法反駁她了。

她想必是用一樣的手法，在文學院或新建立的社團獲得了「能當棋子擺布的男生們」吧。

「我知道果憐有跟班了啦。所以說……」

「希望你別用跟班那種俗氣的說法，要叫他們『親衛隊』！」

果憐打斷我說的話，講這些有的沒的。

……我反倒覺得「親衛隊」還比較俗氣耶。

「我想問妳是怎麼操縱那個親衛隊的？難不成是用身體引誘他們？」

畢竟她在社群網路上也都用要露不露的照片在引誘男人嘛，以這傢伙的個性很有可能會做出那種事。

然而果憐擺出一張彷彿表示「真沒想到你會這麼講」的表情，敞開雙手：

「你也太失禮了吧～～我才不會做那種事呢。再怎麼講，偶像都不會跟粉絲睡在一起啊。」

偶像？妳這傢伙什麼時候變成偶像了？

「所以那個親衛隊純粹是懷著對妳的好意而服侍妳，是這樣嗎？」

「對，因為他們都～是很喜歡果憐的男生。」

真可憐，原來他們都被果憐給騙啦。

儘管這麼說，但我以前也是上當的其中一人。

就在我想著這種事情的時候，果憐忽然換了個表情。

她從裝乖裝可愛的面容，轉變為準備襲擊獵物的凶蛇眼神。

「如果要操縱男人，就不能進展到最後一步。就算只睡過那麼一次，男人還是會產生『這是我的女人』的思維。適度地若即若離，讓對方覺得『應該還有機會』的程度才剛好喔。」

哈哈，聽她臉不紅氣不喘地這麼講，反而令人心情舒暢。

「真是狡猾的女人……」

我很傻眼但還是露出苦笑。

然而果憐只是一派輕鬆地嘲諷我這番話：

「每個女人都是這樣啦。你雖然這麼說，還不是很吃這一套而上勾了？」

「妳是在說我跟妳交往時的事嗎？」

結果果憐搖了搖頭：

「不是喔，是在說現在的你。我是指燈子也用同一招，把你留在她的身邊啊。」

我不悅地瞪起果憐。

然而她臉上浮現從容的笑容：

「我剛才說的，不就恰恰符合你跟燈子現在的關係嗎？」

果憐像是在誇耀自己的勝利般說著。

「我跟燈子學姊才不是那樣。」

「那單純是你不曉得而已吧？你沉迷於燈子，然而燈子卻讓你連一根手指也碰不了她。儘管如此，但她時不時會說出甜蜜的話語，把你留在身邊，讓你覺得『對方或許也喜歡我耶？』」

我瞪著果憐。

雖然想狠狠地對她說「並沒有那回事」，但我這時無論怎麼主張，想必都沒有用。要是她說「看在旁人眼裡，我跟燈子學姊的關係就是那樣」，我也沒轍。

況且……我自己心中也有著揮之不去的糾結。

嗯，我並沒有「燈子學姊把我當備胎」之類的想法。

只是我自己不曉得——「以後要怎麼跟燈子學姊相處？」

我認為我們兩人的關係已經不是的單純的學姊學弟。

但若要說我們兩情相悅，還真的是連八字都沒一撇。

我今後到底該怎麼做才好？

「別瞪得那麼凶嘛～～果憐都要覺得害怕了～～」

果憐以雙拳抵住嘴角並聳起肩膀，擺出「女生裝可愛的姿勢」對我開玩笑。

「我不是叫妳別在那邊裝可愛了嗎？別講這些有的沒的。妳到底找我幹嘛？」

拜託別再鋪陳了，快點進入正題吧。

既然都特地讓跟班調查我的去向，還主動來找我了，八成是有什麼要事要談吧。

我可沒打算陪這傢伙在這種地方玩什麼三流相聲。

這個時候，我點的酥炸肉排端了上來。

果憐那份酥炸肉排幾乎同時端來。

那是女生很難吃得完的分量。

「你應付燈子黑粉的策略看來挺順利的。」

果憐吃起酥炸肉排，一邊這麼說。

「那果然是妳搞出來的嗎？」

然而她立刻否定。

「不是喔，我什麼都沒做，不過可能有ＫＧＢ的人在果憐不知情的情況下做出那種事呢。無論如何，跟我都沒有直接關聯喔。」

她這番話並不像在說謊。

「那就是龍膽朱音安排的？」

我把酥炸肉排的一片薄切豬排放進嘴裡。

「很有可能，畢竟龍膽朱音的親衛隊可是遠遠強過我呢。而且說起來，龍膽本身就討厭燈子討厭得要死。」

果憐把奶油飯放進嘴裡。

「龍膽朱音為什麼會敵視燈子學姊到那種地步？再怎麼說，她都是蟬聯兩年的城都大學小姐啊。」

「所以才會那樣啊。那女人可是在那段期間一直被人講說『要是燈子有出賽，龍膽朱音就當不上城都大學小姐』喔，一定會不爽的嘛。況且她的自尊心可是強得不得了，對燈子的怒火都燒到可以引發森林大火了。就算釘草人詛咒燈子也沒什麼好奇怪的。」

「就是因為這樣，她才想在這次的繆思小姐徹底擊潰燈子學姊？」

「八九不離十嘍。假如能在這次的代表決定戰贏過燈子，龍膽朱音就可以名副其實地斷言自己是『城都大學女生的第一名』啦。為了達成這個目的，那女人什麼都做得出來。」

果憐的語氣中有不少地方，能感受到她對龍膽朱音懷有反感似的情緒。

但她如果討厭龍膽，便有一件事讓我想不通了。

「可是啊，果憐，一開始誘導燈子學姊參加繆思小姐的是妳吧？跟龍膽朱音沒關係才對？」

結果果憐看著我，露出別有深意的竊笑。總覺得有點噁心。

「天曉得有沒有關聯呢？不過我跟龍膽朱音是同一個學院的學姊學妹，就算真有什麼關聯也不奇怪吧？」

「這話什麼意思？妳到底在想什……」

這時，她「啪！啪！」用手拍響兩聲。

「這個話題到此為止。比起那點，我有更重要的事情喔。」

「妳說重要的事是什麼啊？」

「你可能覺得對付黑粉的策略很有用，但龍膽朱音可不是那麼簡單的對手。感覺那些招數一定只是第一階段。」

「也就是說，龍膽朱音還會對燈子學姊使出什麼招數嗎？」

「抱持這樣的想法比較好吧？她恐怕真的有會做到那種地步的執著，畢竟城都大學小姐二連霸的頭銜也不是掛著好看而已。」

「妳那種講法是怎樣？講得好像二連霸背後有動過什麼手腳……」

我講到一半便恍然大悟。

果憐靜靜地，以十分認真的眼神凝視著驚覺的我：

「我倒不是真的知道什麼無可動搖的事證，只是知道她就算有什麼靠山也不奇怪。畢竟支持龍膽的社團，以前也有幾個人當過城都大學小姐。懷疑一下也沒損失吧？」

不知不覺間，果憐已經吃完了酥炸肉排。

這傢伙食量還挺大的嘛。

正當果憐說：「那我先走嘍。」而站起身子時，我叫住了她：

「之前我也問過妳，為什麼要告訴我這種事情？妳到底是我們的敵人，還是夥伴？」

結果果憐以銳利的目光瞥了我一眼。

「我之前同樣說過了吧，『我希望燈子來搗亂繆思小姐』，除此之外沒什麼特別的意義喔。」

然後她又擺出很裝乖的那種可愛表情，用食指抵住側臉。

「而且對果憐來說，龍膽學姊是學院的學姊，燈子學姊也是之前同好會裡的學姊，總會希望大家開開心心地參加繆思小姐呀！」

話一說完，她就背向我。

而我一語不發地目送那樣的果憐。

聽完果憐說的那些話，我調查了過去十年城都大學小姐冠亞軍的得獎者。

調查的對象有學院學系、研討會和研究室，以及隸屬的同好會或社團等。

幸運的是，過去五年左右的城都大學小姐候選人的社群網路帳號都還有留下來，可以從那裡推出她們的交友關係等資訊。

按照果憐的說法，龍膽朱音連續兩年選上城都大學小姐，背後像是有動過什麼手腳一樣。

……以前的城都大學小姐，是怎樣決定出冠軍的呢……

我馬上聯絡一美學姊詢問：「到去年為止的城都大學小姐是怎麼進行的？」

由於她也不是很清楚，表示會介紹知曉詳情的人給我。

於是第五堂課上完後，我就在大學附近的咖啡廳等人。

過了一陣子，燈子學姊來了，一美學姊跟一名男性也在稍後到來。

「這是我研討會的學長——現在研究所一年級的三浦學長。他讀大學的時候隸屬大眾傳播研究會，曾經是城都大學小姐營運方的一員。」

一美學姊這麼介紹之後，三浦學長就朝向燈子學姊微微舉起手來。

「好久不見啦，燈子。聽說妳今年參加繆思小姐了？大家都一直在聊這個話題呢。」

「好久不見，三浦學長。」

燈子學姊十分有禮地低頭。

三浦學長接著看向我這邊：

「這邊這位則是第一次見面呢。」

「初次見面，我是理工學院二年級的一色優。」

三浦學長在我正對面的位子坐了下來。

順帶一提，我身旁是燈子學姊，她和一美學姊面對面坐著。

「所以要問些什麼呢？」

三浦學長看著燈子學姊，如此表示。

呃，有事情想問的不是燈子學姊，而是我耶。

「希望學長能告訴我們城都大學小姐到去年為止的狀況。」

「城都大學小姐到去年為止的狀況？你具體上想要問什麼？」

三浦學長露出狐疑的表情。

我不曉得該怎麼回應才好，畢竟不太能直截了當地問：「城都大學小姐背後是不是有什麼黑箱行為之類的？」

更何況對方是城都大學小姐營運方的一員，被人那麼一問想必會很不悅。那樣會連本來能問出來的事情也問不到。

「我想知道關於城都大學小姐是怎麼決定出來的細節。」

「嗯～～如果是這點小事，問同好會的學長姊應該就能知道啊。」

三浦學長先做了這樣的開場白再說明：

「候選人的部分是自願或由他人推薦。另外要是營運方覺得『希望這個人能出賽』也會主動去邀人。我們同樣有邀過燈子好幾次吧。」

三浦學長看向燈子學姊。

燈子學姊短促地回答一聲：「對。」難不成她不擅長和三浦學長相處？

「然後會篩選出幾位晉級決賽，再從中選出城都大學小姐吧？」

「是啊。每年都會選出十人上下晉級決賽，並在校慶時決定冠軍和亞軍。」

「冠亞軍是怎麼決定的呢？我聽說不是單靠投票來決定的。」

「我們也會參考網路投票，不過最後是審查員之間相互討論。這部分很難統整意見，挺麻煩的，常常開會開到很晚。」

看來三浦學長滿喜歡聊天的。只要巧妙地把話題丟給他，他就會一直說下去。

「也就是說，城都大學小姐不是在公布結果的校慶當天決定，而是事前就決定好的？」

「是啊。畢竟當天決定很不容易，也會引起爭議。其他大學的確有校慶當天在會場投票做決定的方式，可是那麼一來會場內的位子有可能會被規模較大的社團占走。聽說有些衝突就是那樣才發生的。」

原來如此，是這麼回事啊。

不過只靠審查員在密室裡決定，我覺得也會起爭議就是了。

「審查員是怎麼挑出來的呢？」

「基本上都是社團協議會的成員呢。而協議會是由各社團的代表組成的，這樣爭議最少。」

我觀察三浦學長的表情和小動作，看起來沒有在說謊。

然而果憐說過：「就算龍膽有什麼靠山也不奇怪。」那只是單純的想像嗎？

「儘管如此，但果然有些社團對選美比賽相當熱衷，有些社團則並非如此。」

我對三浦學長無意間說出的這句話有所反應：

「這是什麼意思？是指某些社團對選美比賽具有影響力嗎？」

「是啊。漫研和管樂那些對選美比賽沒興趣，文藝社則是反對選美比賽。至於健美和登山那些本來就沒什麼女性社員，所以他們不會想去做審查員，省得麻煩。」

「反過來說，對選美比賽展露積極態度的是哪些社團呢？」

「我待過的大眾傳播研究會就很熱衷喔。不過我們在立場上有點像是選美比賽的總指揮，因此有著『自己不能推出候選人』這種不成文的共識。而其他比較積極的社團，就是廣告研究會、活動企畫研究會、美容同好會這三個吧。」

「審查員有那三個社團的人？」

「對。雖然不是每次都有，但那三個社團常有人擔任審查員。最近這五年應該都有那三個社團的審查員吧。」

三浦學長真的很愛說話，帶著一副「就是在等人來問」的態度對我們說明這些。

我從中感受到「選美比賽本身並沒有什麼黑箱行為」。

倘若城都大學小姐的營運方有什麼黑箱行為，三浦學長就算再怎麼愛講，想必也不會像這樣對我說個不停。

反而該對東問西問的我保持警戒才對。

如此這般，三浦學長還透露了一個情報給我們：

「對了，今年繆思小姐的審查員好像是五位以前的城都大學小姐呢。」

「以前的五位得獎者？」

我這麼回問之後——

「對，不過她們都已經畢業就是了。當然，是龍膽朱音前面的五位得獎者。」

三浦學長看似知之甚詳地這麼說。

「學長知道是哪些年度的城都大學小姐嗎？」

「一如剛才說過的，是龍膽朱音前面五屆的得獎人喔。」

……所以是那些人啊……

我的腦海裡浮現出符合條件的五個人。

這對我來說或許是個好機會？

「她們也都挺厲害的呢。有人當上電視台播報員、自由接案的播報員，或是任職於化妝品公司、出版社、服飾品牌。我想她們都巧妙地把選美比賽的成果運用在就職活動上了吧。」

三浦學長懷念似的這麼說。而我對他表示：

「不好意思，三浦學長，我有件事情想拜託你……」

之後我們又聽三浦學長說了一陣子，隨即離開店家。

儘管三浦學長說著「選美比賽辦起來有多麼辛苦」，不過聽在我耳裡比較像「輕微的自吹自擂」。

最後我們像是要阻止「還沒說夠的三浦學長」一樣，中止了這次對談。

接著我、燈子學姊、一美學姊在船橋站下車，進入一間蛋糕店。

會這樣是因為在大學附近不曉得會被誰聽見我們的談話內容。

「所以說，一色有掌握到什麼了嗎？」

最先開口的是一美學姊。

「這個嘛，我想重要的資訊有三項。」

我在腦裡整理情報，同時開始訴說：

「首先，『選美比賽的營運本身並沒有黑箱』。如果營運方有黑箱行為，他一定不會像那樣說個不停。」

「這點應該沒錯。」一美學姊這麼說。

然而燈子學姊擺出彷彿有什麼疑問的表情：

「你說『營運方』沒有，指的是『其他地方可能有黑箱』嗎？」

「儘管沒有得到鐵證，但我有了線索，也就是選美比賽的審查員大多是來自特定社團的人。」

「意思是即使營運方沒有黑箱，審查上也有機會動手腳呢。」

「接下來，我打算把這部分弄得一清二楚。」

然而一美學姊一臉狐疑：

「弄清楚這點有什麼意義嗎？那都是以前選美比賽的事情了吧？這次的審查員並非從社團選出來，而是從歷年的城都大學小姐挑選的，不是一點關係也沒有嗎？」

「是這樣嗎？既然以前選美比賽的優勝者有受到隸屬社團的援助，我想那些社團對繆思小姐依舊具備間接性的影響力。」

燈子學姊像是同意我的話而這麼說：

「所以一色才會對三浦學長說『希望能透露即將擔任審查員的歷年城都大學小姐聯絡方式』啊。」

「對，不過那畢竟是無法透露的個人資訊，被學長回絕了呢。」

那位三浦學長的口風並沒有鬆到那種地步。不過他有承諾：「我會告訴她們一色的聯絡方式，她們ＯＫ的話應該會主動聯絡你喔。」

一美學姊同樣露出苦笑：

「會被拒絕倒也難免啦。不過我這邊也會幫忙推一把的。除此之外，其他的重要資訊是什麼呢？」

「就是剛才提到的『繆思小姐的審查員是歷年的五位城都大學小姐』這件事，以及過去的審查員人選經常出自廣告研究會、活動企畫研究會、美容同好會這點。」

「營運方沒有黑箱，可是那三個社團的影響力有可能企及選美比賽的審查員。況且這次的審查員是五位歷年的城都大學小姐……」

燈子學姊露出好像在思考什麼的神情後，看向我這邊。

「我能理解一色的想法，但這仍沒辦法成為決定性的一擊呢。」

「是啊。而且就算龍膽朱音真有什麼企圖，目前也看不出有什麼方法可以阻止她。」

「儘管如此，還是想先知道對方背後有什麼靠山，不然沒辦法預料對方會使出什麼手段。」

燈子學姊用拳頭抵住下巴，緊緊地咬住嘴唇。

「是說在這種情況下，果憐的立場又是怎樣？」

問出這句話的是一美學姊。

「果憐啊……」

針對那個問題，我沒有答案。

應該說我根本不知道她在想什麼。

把燈子學姊拉來參加繆思小姐的人確實是果憐沒錯。

但我不曉得她有什麼意圖。燈子學姊參加繆思小姐，對果憐來說應該只有壞處而已。

以追蹤人數來說，目前第二名不是燈子學姊就是果憐。我想她們倆的得票數也會不相上下。

這次的事情也是果憐給了我提示。

儘管如此，那傢伙依舊有意無意地透露她跟龍膽朱音之間有所關聯。

果憐令人捉摸不定……我的意見就是這樣。

她本來就是看心情行動的人，但對繆思小姐應該有著一番想法才對。

看見我在深思，一美學姊如此表示：

「一色，你要不要先試著主動聯絡果憐？把你想說的都一五一十說給她聽，說不定就能了解什麼了。」

燈子學姊以有點疑惑的目光望向一美學姊，接著看我。

「不曉得耶？感覺她根本不會對我說出真心話。」

「但你是果憐的前男友啊？即使關係破裂，說不定仍舊能從說話方式或表情了解到什麼。」

可是那傢伙說謊就像呼吸一樣耶……

「唉……」燈子學姊小聲地嘆氣：

「說的也是。先找果憐聊聊或許也不錯，畢竟現在的她好像不再討厭一色了。」

她說出這些話的嘴型看起來有點僵硬。

或許推動事情發展的契機總是會接二連三到來吧。

隔天，當我跟石田一起在學餐吃午飯時——

「吃完飯我想去學務處一趟，可以陪我一下嗎？」

「是可以啦。你去學務處有什麼事嗎？」

「明華那傢伙啊，明年要考我們學校，所以說想參加校園開放日。」

「原來如此，畢竟明華也高三了。仔細一想，總覺得時間過得好快，我們在不久前也才高三而已。」

「我們沒去校園開放日之類的呢。」

「記得當時講說『要不要去看看』時，申請期間就已經過了吧？」

石田點了點頭：

「是啊。照明華的說法，五月跟八月好像都有以高中生為主的校園開放日。她說八月太熱，要去的話挑五月比較好。」

「原來如此。」

我們聊了這些，吃完飯以後就立刻前往學務處。

拿到小冊子後——

「不過申請要上網填，小冊子倒也不是一定要拿啊。」

石田自言自語似的這麼說。

「借我看一下。」

他把小冊子遞給我。

「哦～日期是接下來的週六啊。」

我這麼說的下一瞬間，目光便被某個部分吸引住了：

「呃，這不就是春祭那天嗎？就是繆思小姐代表決定戰的那天嘛。」

「咦，我看看。」

石田也探頭過來。

「哦～真的耶。上面寫說學校觀摩後還有社團和同好會的介紹，繆思小姐相關的事情也有介紹到耶。」

我注意著更下面所寫的一段文字：

「而且還寫著『將來要就讀城都大學的各位學生，要不要試著投票選出繆思小姐？』這不就代表來參加校園開放日的高中生也能投票嗎？」

「對耶，這句話也可以解讀成那個意思。」

我看向石田。

「你拿這個小冊子給明華時，我也想一起去找她說說話，可以嗎？」

「這樣也好。既然明華也能投票，那就多少讓她幫點忙吧。」

「是因為這樣才會聯絡我啊？」

明華看似不滿地咬住飲料的吸管。

看了小冊子的我們馬上聯絡明華，決定當天就在我們老家那帶見面。

「別說這種話嘛，明華。妳還不是一直想見優一面？」

「一直想要見面，可不是因為這個原因耶。」

明華轉向一邊。

不妙，照這樣下去只會有反效果。

「抱歉，明華。但妳既然都要參加那天的校園開放日了，想順便請妳參加繆思小姐的投票。」

「優哥說的投票，是要投給燈子小姐吧？」

明華完全就是「我沒興趣陪你們搞這些」的感覺。

「呃，對，大概就是這樣。」

我刻意擺出一張笑臉，如此表示。

「真要說起來，只有我一個人投票也沒意義吧。而且參加校園開放日的高中生不會算成一票才對？」

關於這點，我們已跟營運方確認過，剛才也有對明華說明了。

為了讓參加校園開放日的高中生也能「體會大學生活的氛圍」，似乎設了「將來的城都大學學生的投票額度」。

嚴格來說，那樣的投票不會算成一票，但會當成參考值加分。

無論如何，站在我們的立場能做多少努力，就該做多少努力。

「別這麼說嘛，明華。優都親自來拜託妳了耶。」

石田強調了「優」的部分。

我倒是覺得不必那樣也沒關係啦。

「唉……」明華發出嘆息並回應：

「我知道了。校園開放日那天，我會投票給燈子小姐的。」

「太好了！謝謝妳！」

對於不禁如此表示的我，明華眼光一亮：

「相對地，我有一個條件，可以請優哥同意嗎？」

條件？不知道會是什麼呢？

「如、如果我辦得到就行……」

「這很簡單。期中考馬上就要到了，希望優哥能教我念書。」

我鬆了一口氣。

「什麼嘛，就這點小事啊？我當然ＯＫ喔。」

「地點選在優哥你家。只有我們兩人獨處，你教我念書。」

「咦，在我家？兩人獨處？」

我不禁看向石田。

石田也睜大了眼睛。

「你討厭這樣？」

明華以一副好像在脅迫我的目光這麼說。

「我、我沒有討厭啦。」

「相對地，我會跟朋友一起去校園開放日，拜託她們也一起投票給燈子學姊。」

「我、我知道了。真是幫了大忙。」

明華隨即微微一笑：

「那麼，契約就這樣成立嘍！」

「唔、嗯。」

石田對心亂如麻的我說著：

「總之呢，我會對爸媽保密的。」

十 與龍膽朱音會面

我進入秋葉原的卡拉ＯＫ店。

站到訊息中指定編號的包廂前方。

我做了個深呼吸，隨即打開包廂的門。

卡拉ＯＫ的音樂，以及高聲調的女性嗓音立刻傳進了我的耳裡。

包廂裡頭只有一個女生。

也就是果憐。

見我一語不發地進入房間，果憐隔著桌子，坐到跟我不同側的圓椅上。

她唱的是知名女歌手的歌曲，是首從網路開始爆紅的曲子。

在她唱到一半之際對她搭話實在太沒禮貌，於是我默默地聽她唱下去。

歌曲終於結束後，果憐轉向我：

「怎麼樣？許久沒聽的果憐美聲如何？」

她這麼說著，露出微笑。

看見她那種笑容，我再怎麼討厭她都會不禁想起「還在跟她交往時的開心回憶」。

不過真要說起來，她最後曾向我抱怨「老是去電子遊樂場或卡拉ＯＫ真無趣」就是了。

「唱得滿不錯的嘛。」

我回了風險最低的一句話。

「別只說這種話，你就沒有其他的感想嗎？」

「什麼其他感想？」

「想起以前的事，覺得『果憐好惹人憐愛』或是『不禁想要抱緊處理』之類的。」

聽見她這番話之後，剛才瞬間浮現我心頭的那份情感便被吹散了。

「哪有可能？就算我真的想起了以前的事，每件事到最後一定都有憤怒的記憶隨之而來。」

我今天是有事想問果憐才過來的。

所以這時惹惱她並不會為我帶來任何好處。但我也只能這麼回她。

「嘖，你這傢伙真無趣！」

果憐這麼說著，手伸向桌上的飲料。

「這次的費用是你付吧？」

「這點錢我當然會付。」

「所以說，你主動聯絡我是想問什麼？」

果憐直接開門見山。

「妳知道代表決定戰的審查員是誰嗎？」

「還不就是龍膽朱音之前選上城都大學小姐的五個人嗎？」

她若無其事地如此表示。

「妳認識她們？」

「你怎麼會有這種想法？」

「只是多少覺得應該是這樣。」

雖然這麼回答，但我其實很有自信。

既然果憐跟龍膽朱音有所關聯，龍膽又跟審查員有關的話，我想她再怎樣應該都會認識那些審查員。

「算認識吧。我跟其中三人說過話喔。」

……這代表那三人跟龍膽有關係呢……

我總算肯定了。

「可以告訴我那三個人的聯絡方式嗎？」

「你想幹嘛？是要搭訕還是怎樣嗎？」

儘管果憐講話的態度像在開玩笑，但她應該很了解並不是那麼一回事。

「妳之前不是說過了嗎？要我小心。我就是要做點預防措施嘍。」

「告訴你那些，我會有什麼好處嗎？」

「我不曉得妳會不會有好處，但我確定可以減少燈子學姊的劣勢。」

……果憐想讓燈子學姊和龍膽朱音相互競爭。

這是我推導出來的結論。

至於那會為果憐帶來怎樣的好處，我只能用想像的。

果憐像是要讀出我的內心思考般，緊緊地凝視而來。

我也凝視起她的眼睛。

到頭來，果憐輕笑了一聲。

「可以喔。我就告訴你吧。可是相對地，我有個交換條件。」

「交換條件？是怎樣的內容啊？」

以果憐的個性，我有想過她並不會白白告訴我……但她到底會提出什麼條件呢？

「你得去跟龍膽朱音見面。」

「要我去見龍膽朱音？」

對於意料外的要求，我不禁反問。

「對，因為她想見你一面，還叫我帶你過去找她喔。」

龍膽找我到底要幹嘛啊？

我不知道該怎麼做才正確。可是換個角度來想，這或許是個好機會。

接觸龍膽朱音之後，說不定多少能知道她葫蘆裡賣的是什麼藥。

「我知道了。什麼時候去？」

此時果憐站起身子。

「現在就去。龍膽朱音也知道我要跟你見面，吩咐我立刻帶你過去。畢竟代表決定戰馬上就要到了。」

我跟果憐前去赤坂見附。

進入了高級飯店內的咖啡廳（也有可能是附設酒廊。這裡對我來說太高級了，我搞不太清楚）。

居然大白天就待在這種高級飯店的咖啡廳，龍膽朱音她家想必如傳言一般有錢。

「龍膽學姊，我把人帶來嘍～～」

果憐向坐在窗邊位子，十分適合「奢華」這個詞彙的美女說出輕佻的話語。

那名美女的長髮染成栗色，瀏海的一部分微微地遮住一邊的眼睛。她身上穿的是可以看出身體曲線，輕薄的紫色連身洋裝，裙子的部分開衩開得很高，好像連大腿都要露出來了。

果憐的說法是「龍膽朱音擁有自己的象徵色，那就是紫色」。

之前我只看過網路上的照片或遠觀（上次在咖啡廳遇見時幾乎都是看到背影），不過近距離看見本尊便覺得她真的是格外美麗。

她看都不看我們一眼，維持著剛喝完一口茶的姿勢——

口裡只說出「辛苦了」這幾個字。

……拜託別人把人帶過來，卻只回了這幾個字？……

龍膽朱音很習慣傲慢地指使他人……不對，她是認為那麼做很理所當然吧。

我不禁觀察起果憐的模樣。

但她看起來似乎並不在意的樣子。

「那麼果憐先走嘍。兩位慢慢聊。」

這麼說著的她綻放平易近人的笑容，離開了這裡。

至於龍膽朱音有沒有把果憐的笑容看在眼裡則很難說。

「你別呆站在那裡，快點坐下。待在那種地方只會礙事。」

她的口氣簡直像是把我當成下人之類的。

我感到不滿，卻還是照她所說的坐到她對面的椅子上。

眼前的桌上有著豪華茶具、三層式的蛋糕架，以及放有司康的籃子等。

這種的是不是所謂的英式下午茶啊？

我一坐到桌位上，服務生便默默地端來新茶杯和茶壺。

他幫我倒了奶茶。

我在這段時間觀察著龍膽朱音的模樣。

像這樣在這麼近的距離正面看她，倒還是第一次。

輪廓清晰的五官、陶器般柔滑的白皙肌膚。

雖說是東方人的長相，卻與日本不同，多少帶了點異國氛圍。

原來如此，她與燈子學姊的本質不同，但確實是個美女。

讓我想起中國的美女演員。

她穿著款式不太常見的連身洋裝，儘管露出肩膀，卻套著時髦脫俗的手臂套。

與中式衣襟相連的胸口部位以大片蕾絲構成，也因為如此，看起來真的很像一件禮服。

最重要的是……她給人的壓迫感很強。

她明明只是默默地坐在那裡，卻有一種……好像要表達「我可是異於你的存在」的強烈氛圍傳來。

甚至到了和她待在一起會覺得呼吸困難的地步。

……中世紀的貴族給人的印象會不會就是這樣呢……

我真的很難不這麼想。

「你就是一色優吧？」

她像是要確認般地如此詢問。

「是的。」

「嗯～～」

龍膽朱音第一次正面看我。

「本來還以為你是個俗氣的男生，沒想到長相之類的還挺不錯。櫻島燈子甩掉鴨倉哲也換了個男人的傳言，看來還真不是空穴來風。」

我皺起臉孔。她是那種講話很不中聽的人。

「妳認識鴨倉學長嗎？」

為了摸清對方的態度，我首先這麼問。

然後直接拿起紅茶來喝。

「我們睡過一次。」

「唔！」

我差點就要嗆到了。

這人是怎樣啊？突然對第一次見面的人講這種話？

而且口氣還稀鬆平常得跟在講「我知道他的長相」一樣。

「和覺得自己很帥的男人做愛還挺無趣的呢，他並沒有嘴上說的那麼厲害。」

這句話的口氣就像我們「發覺大受好評的拉麵店並沒有自己期待的那麼好」時會說的一樣。

這個人真是可怕，感覺跟她講太久會受到茶毒。

「請問找我有什麼事？」

我決定盡早問出她的目的。

「你要聽從我的指示。」

她講得好像「那麼做是理所當然的」一般。

不是要我「給她燈子學姊的情報」，也不是要我「在代表決定戰妨礙燈子學姊」。

……也就是說，這個人並非要我做一兩件事，而是要我完完全全地對她言聽計從？……

望向目瞪口呆的我，龍膽朱音繼續說下去：

「這次的代表決定戰，櫻島燈子會輸喔。你好像也做了許多努力，但想必都會徒勞無功地收尾吧。」

她充滿餘裕地如此斷言。

「那種事情妳怎麼能說得這麼篤定？代表決定戰還沒開始呢。」

「因為我就是有那麼強的實力，在各種層面上都是。」

說出這種話的她彷彿要刻意給人看而重新蹺好二郎腿。由於她裙子的開衩很高，可以看到大腿很上面的部分。

「所以說，你趁現在來我下面做事才是明智之舉吧。」

「意思是要我為此在燈子學姊面前裝成她的夥伴，實際上則要去妨礙她？」

「要用什麼方法交給你決定。但你如果那麼想，用那種方法也是可以。」

她這麼說著，將蛋糕架最上層的一個小小甜點拿到手上。

「妳為什麼要拜託我這種事？」

她把甜點放進嘴裡。

「我不是在拜託你，而是為你指引一條路喔，還是對你有好處的明路。」

「對我有好處？這到底對我有什麼好處呢？」

我壓抑著不爽的情緒，這麼問道。

「我會把你留在我身邊。」

她舔著指尖，一邊露出詭譎的笑容而這麼回應。

我不禁背脊發涼。

這應該用妖豔來形容嗎？

與此同時，我也感受到一種冷冰冰的氛圍。

簡直就像是幼小的孩子依循當下的心情，想要寵物的那種感覺。

面對全身僵硬的我，龍膽朱音接著說：

「我也對你產生了興趣喔。你是多加磨練就能更發光發熱的男人，就由我來好好磨練你吧。這樣的話，你說不定還能成為我床上的對象呢。」

這個人的話語，簡直就像在施加催眠術一般地滲進我的腦海。

之前綾香她們曾說過「龍膽對自己可以利用的男人和不能利用的男人，會有不同的態度」。她會不會就是用這種招數籠絡她覺得「可以利用」的男人啊？

「不必了，恕我拒絕。」

為了揮去這種氣氛，我斬釘截鐵地這麼說。

龍膽朱音的目光變得險惡，但我還是繼續說下去：

「真要說起來，既然妳都說燈子學姊絕對會輸了，又為什麼要對我說出這種話？應該沒必要這樣吧。」

「剛才說過了吧，我是為你指引出一條明路。」

「不對吧？龍膽學姊只是害怕燈子學姊，覺得就算是妳，說不定也會輸掉，才大費周章地弄出這種把戲，想把我拉去當間諜。」

龍膽朱音眼裡亮起危險的光輝。

「你是打算拍開我伸過去的手？」

「對，因為那隻手不僅邪惡，還是連繫著敗北的手。況且我也沒打算成為妳的寵物。」

我這麼說著，站起身來。

「你會後悔喔。」

「這簡直就是電影反派的台詞呢。但妳不必擔心，不會有我們後悔的結局的。」

如此表示後，我頭也不回地前往出口。

我走出店家後，發覺果憐就在電梯前。

「妳在等我嗎？」

聽到我這麼問，她便露出很公關的宜人微笑。

「嗯～～果憐擔心起阿優了啊～～」

「就叫妳不要再繼續裝可愛了啦。」

「所以結果怎樣？」

她瞬間恢復了本性。

「當然是拒絕她嘍。」

我按了電梯「下樓」的按鈕。

「正如我預料。就知道你這個『燈子一神教』的教徒會導致這樣的結果。」

「既然妳心裡有底，根本沒必要把我帶來這邊吧？」

「可是啊～～果憐沒辦法違抗龍膽姊姊嘛。」

她這麼說的時候，電梯來了。

進去後便只有我們兩人獨處。

「那就照之前說好的。」

果憐遞出手機，上面顯示著「據說是果憐認識的三名審查員社群網路ＩＤ、電話號碼、電子郵件地址」。

我用相機把那三個人的聯絡方式拍了下來。

走出飯店之際，我最後對果憐問了這句：

「我可以把妳當成龍膽朱音陣營的人吧。」

結果果憐又露出很公關的笑臉：

「的確呢。嚴格說起來，果憐應該算是龍膽朱音派的。不過果憐也是站在果憐這邊的喔。」

我反覆思考著她那番話的意思。

「果憐，既然妳這麼說，那這樣如何？」

我悄悄地對她咬起耳朵。

十一 代表決定戰前一晚

明天終於就是「繆思小姐的代表決定戰」了。

我在自己家裡凝視著電腦螢幕。

……能做的事情全都做了……

我心裡這麼想。

我和龍膽朱音見過面的事情，後來有立刻向燈子學姊和一美學姊報告。

而一美學姊聽了之後——

「居然想在剩沒多少時間的時候把你拉攏成她的人，我看龍膽朱音也是滿著急的吧。」

說出這樣的感想。

「我也這麼覺得。龍膽朱音八成沒有她嘴上說的那麼從容。」

燈子學姊好像在思考著什麼。

「果憐說她是『龍膽派』的吧。」

「是啊。但她其實也說過『果憐是站在果憐這邊的』就是了。」

「即使如此，我也不覺得果憐會站在燈子這邊喔。代表戰不是有候選人的演講嗎？她們一上台，我們就沒辦法出手了。如果有需要辯論之類的狀況，演變成一對二的爭執對我們相當不利。」

「根據我從營運方問到的內容，據說演講的形式是將營運方挑選的『來自一般學生的問題』放進信封，讓候選人選擇喜歡的信封來回答問題。」

「這代表我們沒辦法事先知道會被問什麼問題呢。」

燈子學姊眉頭深鎖。

「是啊。而且就算事先知道有怎樣的問題內容，也不知道會裝進哪個信封，再加上信封又是要候選人自己選。」

燈子學姊似乎仍在思考什麼事情。

「對了。關於一色向三浦學長問過的審查員——城都大學小姐前冠軍——的聯絡方式，其中兩人有聯絡我嘍。這就是她們的聯絡方式。」

一美學姊這麼說著，並將手機拿給我看。

那兩人就跟我預料的一樣。

「謝謝學姊。這樣至少審查的部分就某種程度來說，我們能有五成勝算……」

我這麼說。接下來只要得到決定性的一擊就完美了……但我還沒收到聯絡。

就這樣，我今天也在自己家裡等待著「聯絡」。

那傢伙應該有依照我的想法行動，可是……

手機響起了通知來電的震動聲。

……來了嗎？

我拿起手機之後……發覺打過來的是我平常看到會很開心的對象……但她並不是我在等的那個人。

我接通了電話。

「妳好，是我。」

「一色，現在可以跟你見個面嗎？」

我借用母親的車，開去燈子學姊她家。

會合地點是她家旁邊的便利商店。

當我把車停進停車場後，燈子學姊馬上就出來了。

「抱歉，在這種時間忽然叫你出來。」

她一坐進車子就這麼說。

「沒關係。可是到底是怎麼了？」

燈子學姊在晚上叫我出來的狀況，以前可是完全沒發生過。

「嗯，總覺得想跟一色稍微聊一下～」

「要去家庭餐廳之類的嗎？」

對於這麼問的我，燈子學姊微微搖頭。

「不，找個安靜的地方比較好吧。比較不會有人看見的地方。」

燈子學姊的這種說法，讓我內心有點悸動。

「那要去海邊嗎？」

我這麼說之後，燈子學姊就用力點頭。

從這裡開車到海邊差不多十分鐘。

我在檢見川濱旁的停車場停好車子。美濱大橋就近在咫尺。

在我出生之前，這座橋好像是很有名的搭訕景點。

可以看見遠處有浦安和羽田機場的燈光。

或許是因為黃金週剛過，這裡的人好像很少。

「像這樣看著，就覺得晚上的東京灣也很漂亮。」

燈子學姊不知為何以安心似的口氣這麼說。

「是啊。畢竟對岸有羽田機場，右邊有浦安，左邊則是京葉工業地帶，感覺像是有個光環圍繞著我們。」

「那邊那個應該是晴空塔吧。」

燈子學姊指向右方。

「啊～～那個有點紫的光八成就是晴空塔了。」

「唉～～」結果燈子學姊深深地嘆了口氣。

「怎麼了嗎？」

我試著詢問。今晚的燈子學姊有點不太對勁。

「嗯～～總覺得我在做不像自己會做的事情啊～～」

「學姊指的是繆思小姐嗎？」

燈子學姊再度用力地點了點頭。

「我就是因為討厭像這樣在眾人面前拋頭露面、討厭別人隨隨便便地評論我，才沒有繼續當讀者模特兒……結果現在卻在弄這些。」

「學姊後悔了嗎？」

「與其說是後悔，應該說我覺得自己蹚了渾水吧。」

我默默等待燈子學姊的下一句話。

「我啊，不喜歡自己的事情無法親自掌控的狀況。可是選美比賽之類的完全就是那樣，從頭到尾都由別人來主導呢。」

我不知道該說些什麼才好。

感覺這時安慰她好像也不太對。然而若要安撫她的情緒，我又想不到什麼適合的話語。

只是……燈子學姊想必也覺得不安吧。

「我啊，真的是打腫臉充胖子……」

她如此低語。

我不曉得她那番話的意思，也不知道到底該不該回問她，結果燈子學姊主動繼續說下去：

「我剛才說的話有一半是真的，但也有一半是撒謊。其實我以前不去參加比賽那些，單純是因為不喜歡自己被拿去跟他人比較也說不定。我可能只是不想看到別人在我面前，訴說我是劣於其他人的存在……」

「不當模特兒的理由也一樣。還沒有人知道我是誰的時候還不錯，可是開始有點名氣以後，就覺得有人拿我去跟其他人比較……讓我覺得別人的視線好可怕。」

「總覺得其實我才是比任何人都還裝模作樣，卻隱藏真心，孤伶伶地悶在原地的人。全都悶在自己的心裡頭……」

「那是什麼不好的行為嗎？」

我嘴裡自然而然地流瀉這句話。

「無論是誰，都會為了守護自己的心靈而戴上面具不是嗎？每個人心中應該都有無法容納他人，自己悶起來的部分吧？」

「是這樣嗎？」

燈子學姊目光上瞟地看著我。

「至少我是這樣。我的心裡有著我可以逃避進去的地方，有著『與其他人不同，別人不理解也沒關係』的部分。如果有人說那就是『不想跟他人比較，只是在逃避！』說不定也沒錯。」

總覺得燈子學姊的眼神似乎有些放鬆了。

「但我覺得就算維持那樣也沒關係。既要毫不保留地展現自我，還得把評價交由他人定奪，面對這種事情會膽怯很正常啊。」

「嗯……或許是那樣吧。」

「石田雖然是個阿宅，但他總是很光明正大地表現自己，也沒有隱藏自己的喜好和興趣。而我這種沒有展現真正自我的人啊，跟他比起來可是陰沉許多，跟足不出戶沒什麼兩樣了。」

「說的也是。石田一直都非常開放呢。」

燈子學姊嘻嘻笑著。

「可是啊，其實還有一件事讓我滿在意的。」

「是什麼事呢？」

「大家是不是因為被我害到，才捲入了麻煩事。」

「沒那回事喔。」

我堅定地這麼說。

「我反而覺得這次燈子學姊參加繆思小姐是件好事。之前我也說過，我對這種狀況樂在其中喔。」

「真的是那樣嗎？」

「對啊。大家一起思考各種企畫、擬定作戰、分析狀況，一旦發生問題就思考對策。這些事做起來非常有意義！」

這是我的真心話。我以參謀般的立場享受著這次的繆思小姐。

連我自己也切身感受到「我還滿適合這樣的工作啊」。

而且……一想到這工作能幫到我最喜歡的人，就更不用說了。

「是這樣啊？如果真是如此，我也很高興喔。」

「是的，這種事我不會說謊。而且其他人也是覺得有趣，才會那麼拚命地幫忙燈子學姊啊。像是美奈學姊拍的『時髦美照』，單只靠義務感的話沒辦法拍得那麼好喔。」

「這樣啊……你說的對耶……嗯，我也要有這種思維！回報大家的禮物跟感謝，等一切結束後再想就可以了吧。」

燈子學姊最後振奮起精神這麼說。

「我有好一陣子都很不安，因為明天一定會演變成我和龍膽、果憐競爭的狀況。我在心態上輸給了那樣的事實。」

燈子學姊這麼說而向上伸展手臂。

「不過拜一色之賜，我打起精神了！好喔，明天要全力奮戰！」

「沒錯，就是要有這種氣勢！我也會全心全意地幫助燈子學姊……不對，我們是要一起奮戰才對！」

我這麼說著，再次望向東京灣的夜景。

燈子學姊果然有感受到不安呢。

雖然她受到許多人愛戴，但與此同時，或許也有一部分的人對她抱持反感。

為了避開那種人並守護自己的內心，她需要將「塑造出來的自我」當成盔甲穿戴在自己身上。

儘管如此，只要在選美比賽出賽，就會在許多人眼前拋頭露面。

為此膽怯想必是理所當然的事。

「咚！」我的肩頭遭受小小衝擊。

我下意識地一看，發覺燈子學姊頭靠在我肩膀上。

「可以讓我就維持這樣一陣子嗎？我要恢復ＭＰ（魔力值）。」

她以小小的、靜謐的聲音這麼說。

「嗯，燈子學姊想這樣多久都沒關係。」

我覺得那樣的她，非常非常地重要。

我們兩人就這樣靜靜地凝視大海。

「那我也可以為了維持戰鬥力而拜託學姊一件事嗎？」

「什麼事？」

「指的是燈子學姊剛才所說的謝禮……希望學姊對我的謝禮是『只有我們兩人的慶功宴』，就像『重新過耶誕節』的時候那樣。」

「這沒問題……但你說慶功宴，是確定我會贏了？」

我看向燈子學姊。

燈子學姊跟剛才一樣，頭仍然靠在我的肩膀上。

那樣的她抬起臉來看我。

我們兩人的視線交錯……而我……

嘟——嘟——嘟——嘟——！

突然間，我放在口袋裡的手機開始劇烈震動。

或許是被震動嚇到了吧，燈子學姊的身體迅速地遠離我。

我也回過神來，站直了身子。

拿起手機後……我發覺那是我在等待的聯絡。

「燈子學姊，看來最後一項關鍵已經到手了。」

我這麼說並將手機拿給她看。

當我說明畫面上的內容後，燈子學姊的眼光看起來就像是宿有烈火一般。

然後她以堅定的語氣這麼說：

「一色，這項關鍵跟至今收集到的證據，頂多只會用在『讓我們得到公正的審查』這個目的上吧？」

「我是這樣打算的……可是不曉得對方還會出什麼招耶？」

「即使還有其他招數也沒關係。我知道一色為我費了千辛萬苦，但你無論如何都不要做出不守規矩的行為。」

燈子學姊低語：

「我想憑藉自己的實力和龍膽做個了結，甚至該說我想以自己的實力贏下這次的繆思小姐。如果做不到這點，那我寧可落敗。」

聽見她這番話，我很高興地心想「這很有燈子學姊的風格」。

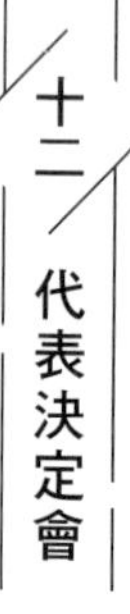

「讓各位久等了，令人引頸期盼的『第一屆繆思小姐』代表決定會終於要正式開始！」

登上舞台的主持人如此高聲宣言。

從觀眾席看過去的舞台右側有著五名審查員，左側則是選上繆思小姐的九名女學生坐成兩列。

我待在從觀眾席看過來的右側舞台邊（舞台側邊的布幕內側）。和我一樣在這邊的是其他女神的推薦人。

這次的會場是講堂，聚集了相當多的人。

而且就像上次那樣，這場決定戰的狀況在網路上也有即時轉播。

順帶一提，這場比賽沒稱作「決定戰」而用「決定會」來稱呼，應該是營運方顧慮到「不分出排名」而做出的處置。

「這裡先說明決定代表人的流程。首先會進行目前九名女神的『推薦人的助選演說』以及『由女神自身所做的，最後的自我宣傳』。這兩項結束後人選會縮減至三位，也會請這三位女神分別選擇放進信封裡的『來自大家的問題』，以回答問題的方式進行演說。」

大家都表情認真地聆聽著。想當然耳，我也是認真聆聽的其中一人。

雖說事前有發表審查方法，但說不定在最後的最後還是會有什麼變化。

為了不聽漏任何字句，我將所有的精神都集中於耳朵。

「我們會先依照網路投票的比例，以五十分滿分的標準來評分。接下來會由五名審查員各以滿分十分來加分，再由總計一百分滿分當中所取得的分數來決定代表。」

這也跟以前說明的一樣。沒有任何變更。

「成為代表的女神會需要配合傳播大學魅力的廣告活動、合作企業的宣傳和商品市調，以及雜誌採訪等。此外若有音樂、美術等特定領域的案子，就會變成與代表無關並交由相應領域的女神來處理，這點還麻煩各位配合。」

主持人這麼說之後，就以手掌指向舞台右側的審查員席位。

「那麼，容我在此介紹第一屆繆思小姐代表決定會的審查員。第二十四屆城都大學小姐冠軍……」

主持人陸續介紹第二十四屆至第二十屆的城都大學小姐優勝者。

我又一次凝視起那樣的她們。

有人外表華麗，有人感覺滿可愛，也有人給人清純的感覺。

她們掌握著這場代表決定戰的關鍵。

主持人提高了音量：

「那就先由『音樂女神』海野美月的推薦人——神田信彥進行助選演說！」

台上的螢幕播放起投影機投射的「音樂女神」介紹影片。

原本在女神席位上的一名女性站起身來，走到舞台中央後深深地低頭行禮。

「美月～」「小提琴聖少女！」

支持她的一群粉絲自觀眾席發出歡聲。

她擺好演奏小提琴的姿勢，然後優雅地在弦上滑過琴弓。

「音樂女神」、「美術女神」、「文學女神」、「戲劇女神」、「舞蹈女神」、「歌唱女神」。

台上的她們在輪到自己時會站起身來，並且各自在觀眾面前以展現特長等方式做自我宣傳。

推薦人也會依序上台，為自己支持的女神進行助選演說。

隨著這樣的活動內容，網路上的支持者留言也會在後面的螢幕接二連三地顯示出來。

後來終於輪到了「魅惑女神」果憐。

她的推薦人是直到去年都還在我們同好會的男生。想必是果憐的其中一個跟班吧。

觀眾席也傳來了「K、A、R、E、N，果憐！」這樣的和聲。

大家都有組起各自的應援團啊。

果憐最後的自我宣傳是，在舞台上可愛地展現KitKot風格的三十秒舞蹈。

她真的就像偶像一樣，配合著應援團的聲援來扭動身子。

她最後在胸口比了個愛心，然後像要把愛心推出去一樣做了個收尾。

她現在就可以直接去做地下偶像了吧？……老實說，真的表演得很棒。

針對果憐的助選演說結束了。主持人宣告：

「那麼，『智慧女神』櫻島燈子的推薦人一色優請上台！」

我從幕後來到聚光燈照亮的台上。

這真的令人緊張。

我從主持人手上接下麥克風後，就先對審查員行禮，接著是面對觀眾席行禮。

燈子學姊從台上的位子走到舞台中央，在我身旁並立。我看見她一樣相當有禮貌地行禮。

「「「……「「「燈～～子～～！」」」……」」」

我聽見觀眾席傳來幾個人大聲呼喊燈子學姊名字的嗓音。

仔細一看便發覺是一群人身穿很顯眼的應援法披在那邊大聲喊叫。

甚至還有揮舞著螢光棒、搧著應援扇的人！

總共大概接近五十人吧？而在那些人中央的就是石田。

他是有說過：「應援就包在我身上！」所以是用這種方式？

能找到這麼多人我是很佩服他，可是連果憐的親衛隊都沒有做到這種地步喔。

我側眼一看，發覺燈子學姊紅著一張臉看著地上。

這看來，或許是有點做過頭了。

不過這應該也讓黑粉難以發言。

而且會場的氣氛好像也被炒得很熱。到處都有隨著歡笑傳來，伴隨著對燈子學姊的支持聲量。大家想必是覺得這種氣氛才符合慶典般的活動吧。

這樣很好，氣氛營造得很不錯。

「我是剛才主持人介紹過，櫻島燈子的推薦人一色優。」

儘管聽見某個地方傳來「耶誕節的橫刀奪愛男！」這種惡言，但管他的。

「這一次，她選上了『智慧女神』。確實如此，這的確是符合大家心目中燈子學姊形象的女神。」

「「「……」「「「沒錯！」」」……」」」的應援聲也傳來了。

「燈子學姊她有學系頂尖的成績，GPA3．7、TOEIC則是比肩母語者的九百分，而且具有高中時期人稱『圖書室女神』的豐富知識。」

背後的大螢幕上，顯示了許多美奈學姊所拍攝的「帥氣的燈子學姊」的照片。

「而且誠如大家所見，她有著嫻淑清純的美貌，真的相當符合『智慧女神』。」

我向那些照片伸出手。

「但那只不過是她一小部分的面相。她真正的一面，其實是更不一樣的。在這次的繆思小姐當中，她展現了自由自在的魅力。」

我拍攝的「約會系列」、石田拍攝的「角色扮演系列」照片在螢幕上飄舞似的顯現，燈子學姊展露可愛笑容的模樣擴展至充滿了整個畫面。

「與知性相對的，自然的可愛一面。能夠進一步推翻既有形象的自由魅力，才是我想介紹的燈子學姊的魅力！」

「哦～～！」「說得好！」「燈子～～！」

除了會場的聲援外，螢幕上也竄出各種留言。

>可愛的燈子，有夠讚。

>反差萌～～！

>這次讓我也變成燈子的粉絲了！

對於這樣的盛況，我故意擺出真的很遺憾的樣子搖頭給大家看：

「我很想讓大家多看一點燈子學姊的可愛魅力，可惜時間不夠。接下來就請大家上網了解。」

會場傳出相當少數的失笑聲。咦，冷場了嗎？

「那接下來會以訪談的方式呈現符合『智慧女神』的一面，請燈子學姊以英文回答我所問的問題。此外，燈子學姊的發言會以語音輸入，在我後方的螢幕上顯示翻譯過的內容，這點請大家放心。還有我的問題也是用日文發問。」

會場發出笑聲。但我沒有在這時引人發笑的意圖就是了。

我的視線從會場轉向燈子學姊。

「燈子學姊為什麼會參加這次的繆思小姐呢？」

『最大的原因是同好會的大家很支持我。再來就是我有聽說繆思小姐不會分出排名，而是以個人特質來做評斷。』

燈子學姊以流暢的英語回答。她的發音也很標準。螢幕上也毫無錯漏地顯示出語音輸入的文句。

「參加這次的繆思小姐，印象最深刻的回憶是什麼呢？」

『跟大家一起邁向同樣的目標就是我最棒的回憶。我察覺到以往都不曉得的，自己的另一面。角色扮演很開心。』

「以後還會參加選美比賽嗎？」

『這我就不太行。畢竟我比較適合寧靜的生活。』

「燈子學姊好像很重視學習語言，目前學會了哪些語言呢？」

『目前是英文、中文，還有法文。我希望在畢業前學好一定程度的德文與西班牙文，也已經開始學習。將來還想要學習更多不同的語言。像是阿拉伯文或印度、東南亞的語言。』

會場傳出了「學那麼多？」的疑問聲。我也有一樣的意見。

「看來目前學習的語言非常多的樣子。這麼做有什麼原因嗎？」

『英文與中文是源自目前的趨勢。法文與德文則是在歐洲的許多國家都能用來溝通。另外西班牙文則是世界上第三多人說的語言，還有我認為印地文和泰文、印尼馬來文跟日本之間在商業上的來往會愈來愈重要。』

就在這個時候。會場前端的一名男性忽然站起身子，大聲發問：

「想用那麼多的語言實現的夢想是什麼呢？」

他好像是來自東南亞的留學生。可是我並沒有開放讓會場的人問問題耶。

不過燈子學姊並沒有理會不知所措的我，以英文回答：

『我想成為能在世界各地活躍的人。另外也有基於我個人興趣的夢想，就是我以後想用遊艇環遊世界。』

這次換成別的男性站起來了。

「＊＊＊＊＊＊＊＊＊＊＊＊。＊＊＊＊＊＊＊＊＊？」

呃，我不曉得這個人在說什麼。

我看向背後的螢幕。

上面顯示的是中文。日文翻譯同時也顯示出來了。

＞妳是個美女，無論哪個國家的男性都會喜歡妳。妳喜歡哪個國家的男性呢？

結果燈子學姊她帶著微笑回應：

「＊＊＊＊＊～」

燈子學姊好像也是用中文回答的。

而且……不知道為什麼，她凝視著我。

咦，什麼？是要我在這時說些什麼嗎？我完全不懂那是什麼意思耶？

我恍然大悟，看向應該有顯示日文翻譯的螢幕。

＞謝謝你的誇獎。

＞我覺得人格比國家還要重要。

＞會顧慮我心情的人、我疲累時希望身邊能出現的人、願意一直陪伴我的人。

＞那樣的人就是我的……

這時畫面切換了。我沒能讀到最後。

這是因為會場有許多人同時發出問問題的聲音。

我回過神來，對會場發出呼籲：

「不好意思。我們沒辦法接受來自會場的問題。還請各位安靜。訪談還沒有結束喔！」

我這句話讓會場安靜下來。雖然有幾個人擺出不滿似的神情，但這想必是無可避免的。

我重新拿好麥克風後，再次面對燈子學姊。

「燈子學姊目前最關心的是什麼呢？還有，將來想做什麼職業呢？」

燈子學姊再次以英文回答。

『我最關心的是地球暖化和海洋汙染。詳細原因我就不多贅述，不過其中一點與我先前提到的「想用遊艇環遊世界」有著緊密關聯。因此，我想從事的是與能源有關的工作。盡量不產生CO2，活用可再生能源的那類工作。我希望能藉由那樣的工作，盡可能地接近永續性的社會。』

燈子學姊的話語受到翻譯，在螢幕上播放。

看見那些話語的會場群眾十分安靜，彷彿剛才的喧囂從未存在一般。

後來會場湧現了響亮的鼓掌聲。

看來燈子學姊的自我宣傳很成功。

我也在這樣的鼓掌聲之下做了最後的收尾。

「謝謝各位的聲援。櫻島燈子的自我宣傳和我的助選演說就在這邊告一段落。最後我想說……」

我在這時停頓了一下。

「永續性，能夠持續發展的性質——這點十分重要呢。無論是怎樣的社會、怎樣的事物，持續下去都非常地重要。況且要持續下去，就不能侷限在一成不變的陳舊思維，也不能作繭自縛。我認為每個人都需要時常思考更好的方法，對自己認為正確的事物也需要時常加以考量。要懷著公平、公正的心去做這些事。」

我這麼說而凝視審查員的席位。

她們目前應該還沒發覺，我講的這些話是在針對她們。

不過她們馬上就得認真看待這番話，即使不想面對也不行。會在不久後立刻面對……

……真要說起來，她們應該也不曉得這是我做出的警告……

我只能見證這場代表決定戰會有怎樣的發展了。

助選演說結束，我移動至由觀眾席看過來在左側的舞台邊。

這段期間裡，我監視著審查員們的表情，以及一舉手一投足。

她們幾乎在同一時間看了手機。

而且其中三個人的表情有所變化。

……果然沒錯……

我的視線轉向位在觀眾席的石田。

石田對上我的目光後便竊笑了一下，還豎起大姆指比讚回應我。

看來就像事前討論過的一樣，進行得很順利。

其中三名審查員不再沉著冷靜。

可是她們都在台上。沒辦法找誰商討任何事情。

……到這一步都跟預定的一樣，可是……

「表現女神」龍膽朱音的推薦人已經在舞台上開始助選演說了。

推薦人吶喊著「連續兩年贏下城都大學小姐的她，作為一名女性是多麼優異的存在」，但他講的並不是那麼能夠打動人心的內容。

不過龍膽朱音的自我宣傳很猛烈。

除了推薦人以外還有兩名男性上台，而那兩人就從左右兩邊把龍膽朱音寬鬆的洋裝撕裂般地扯開。

結果底下出現的是能明確看出身體曲線，裸露程度相當大的衣裝。

讓人覺得跟比基尼胸罩沒兩樣，有著蕾絲褶邊的短薄小可愛。

下半身則是同樣會讓人誤會為比基尼沙灘巾，半透明的裙子。

誇張到令人覺得在場是不是只有她一個人要進行泳裝審查。

而且龍膽還擺出好像在誇示自己身材很好的姿勢。

會場湧現了男學生的熱烈歡聲。不過男生看到這種場面八成都會很興奮啦。就引人矚目這點來說，應該有達成她的目的了吧。

而且龍膽派好像也靠著其組織力聚集到很可觀的人數，觀眾席在恰好的時機發出「讚啊！」「棒極了！」「龍膽第一名」等歡呼。

至於龍膽本身呢……

或許是對於自己的演出和安排懷有無可動搖的自信，她臉上浮現些許的無懼笑容。

她瞄了燈子學姊一眼。

簡直就像是確信自己已經取勝。

……不過她暗中安排的那些，已經被我們給阻斷了……

我在心中如此低語。

龍膽朱音的自我宣傳和助選演說結束，主持人也到中央拿起了麥克風。

「總共九名女神的自我宣傳以及推薦人的助選演說已經結束。接下來會以一般學生的投票來選出前三名。然後會請入選的三名女神做最後的演講，再經過審查員的審查來決定代表。」

就連聽著主持人說明的我都心跳加速。

一般投票的結果若以追蹤人數那些來看，我覺得燈子學姊一定能進入前三名，但還是無法預期會發生什麼事。

不過在這個時間點，龍膽派和果憐那群人應該沒什麼機會加以操作。

「那就先公布第一位。五千八百九十六票，蜜本果憐！」

觀眾席湧起「哇啊～～」「果憐～～！」這樣的歡聲。

果憐也先站起身來，帶著笑臉向觀眾席低頭行禮。

不過她坐下來的一瞬間，好像有對著舞台邊的我這邊瞄了一眼。

「第二位的分數幾乎一樣，是龍膽朱音！五千九百零一票。」

不曉得龍膽朱音是不是對這樣的分數有所不滿，她沒有站起來而是坐在位子上直接低頭。

然而她的表情沒有變化。

「最後，第三位是……櫻島燈子！六千兩百零九票！」

「哇啊啊！」「太好啦！」「真不愧是燈子！」

觀眾席發出洶湧的歡聲。

對於那樣的聲音，燈子學姊也從椅子上站起來慎重地低頭行禮。

在觀眾席的石田和同好會的人們也歡喜地跳了起來。

我也很高興。我們一直以來的努力得到了回報。

我觀察著龍膽朱音的模樣。會這麼做是因為我好奇她有沒有很不甘心。

龍膽朱音確實多少有露出悔恨般的神情。

可是……那仍然是一張確信自己會取勝的表情。

看起來會覺得，她對於稍後的審查員評分抱持相當大的自信。

我接下來觀察起果憐的模樣。

結果她也一樣……好像一點問題也沒有地十分平靜。

我感受到疑問。

我的確有對果憐說過一些話。

但我說的內容，並不是要果憐贏過燈子學姊。

這是怎麼回事？龍膽那邊還有什麼陰招嗎？

就像要打斷我這樣的思路一般，主持人的聲音響起。

「這樣下來，經由一般投票的分數就是櫻島燈子四十分、龍膽朱音三十八分，而蜜本果憐也一樣是三十八分。」

原來如此，一般投票的分數最高是五十分。

所以在一般投票上了不起就只有兩分的差距啊。只有這點程度的差距，那就能靠審查員的給分輕易逆轉了。

「那麼，可以請三位來到前面這裡嗎？」

主持人催促她們走到舞台中央。

可是龍膽朱音和果憐都沒有馬上站起來。

燈子學姊看了她們兩人，但也無可奈何地從位子上站起來走到前面。

然後龍膽和果憐就像要跟隨她一樣，在她的左右並列。

已經有個白板被拉到舞台中央，上面用磁鐵貼住三個信封。

「那麼，接下來要請三位女神以『回答來自大家的問題』的形式進行演講。還請三位各挑一個喜歡的信封。」

主持人這麼說而指向白板。

離白板最近的燈子學姊走上前，拿起了一個信封。

然而跟在後頭的龍膽朱音簡直就像理所當然似的，對燈子學姊伸出手。

燈子學姊也看見她那樣，把手上的信封遞給龍膽朱音。

龍膽接著又把那信封拿給果憐。

燈子學姊拿起了下一個信封。

不曉得龍膽朱音是不是等不下去，她直接拿下白板上剩下的信封。

「那就請三位女神發表內容。發表的順序會由我來用這個骰子決定。如果骰出一或六就由櫻島燈子先，骰出二或五就由龍膽朱音先，骰出三或四就由蜜本果憐先發表。那我要骰了。」

主持人這麼說而拋出骰子。

發表的順序決定為果憐、燈子學姊、龍膽朱音。

果憐走到舞台中央打開信封，拿起麥克風。

「咦～～給我的問題是『喜歡什麼類型的男性？』呀！」

念出問題的果憐可愛地歪了歪脖子。

「咦～～好難回答喔。因為啊，果憐很擅長找出喜歡的人有什麼優點～～不管是怎樣的人，果憐都有可能找出優點然後喜歡上他呢～～」

會場湧現群眾的笑聲。

果憐的演講結束，排第二的燈子學姊站到舞台中央。

就在這個時候。我看見燈子學姊身後的龍膽朱音有一瞬間看著她笑了出來。

某種預感如電流般竄過我的腦海。

龍膽朱音到了這種時候，為什麼還會對燈子學姊露出那種笑容？

……難不成，這場演講本身有什麼機關嗎？……

比如說，有什麼對燈子學姊相當不利的問題之類的？

可是問題本身就放在信封裡頭，沒辦法事前查看。

而且那信封還是貼在白板上，燈子學姊是自己選擇並親手拿下來的。

如果是由主持人來分發，就能安排將特定的問題遞給燈子學姊，但這次並沒有那樣的狀況。

……那麼，到底是怎樣？

燈子學姊站到舞台中央。

在她的背後，龍膽朱音臉上又浮現無所畏懼的笑容。

那簡直就是「接下來會發生的事情實在令人愉快，教人等不及了」的感覺。

燈子學姊打開了信封。

「針對我的問題是『去年的平安夜，是怎麼度過的呢？』」

我恍然大悟。

去年的平安夜，也就是「X－DAY」。

燈子學姊在同好會耶誕派對的場合上，揭露鴨倉哲也劈腿的事實並宣告與他斷絕往來。

然後，學姊就跟我一起去了飯店。

……必須在這麼多人面前講出那種事才行？……

我跟燈子學姊單純只是去了飯店，兩人之間什麼也沒發生。

但我們並沒有對周遭告知這個事實。

結果在外人眼裡，就變成是我自己的女朋友果憐被鴨倉睡走，而我為了報復便「睡走了鴨倉當時的女朋友——燈子學姊」。

就算再怎麼主張「我們只是對兩個劈腿的人加以反擊」，我也不覺得能在這種場面說服大家。

以校園門面的立場來看，這對燈子學姊來說無疑是大大扣分。

……乾脆趁這個時候，說出「我跟燈子學姊之間什麼也沒發生！」這真正的事實吧。

我不禁打算向前站。

可是費心擋下我行動的人……不是別人，正是燈子學姊。

燈子學姊以寧靜的目光看著我。十分冷靜，也很有自信的樣子。

她的目光正對我訴說「要相信她」。

「去年的平安夜，對我來說是很特別的日子。」

面向前方的燈子學姊，直截了當地這麼說。

「我覺得那是積累各種思緒，得以導出一個答案的日子。」

觀眾席嘈雜了起來。這當然是因為大家都知道「X－DAY」的事情。

「我是很膽小的人。所以我害怕說出自己的真心話，可以說我一直以來都扮演著別人所期待的自己。」

燈子學姊沒有在意會場那樣的狀況，繼續說了下去。

「可是我身邊有著為了那一天而助我一臂之力的朋友們。其中也有成為了我的內心支柱，該以『戰友』稱呼才合適的人。」

燈子學姊主動訴說的嗓音，就像漣漪一般擴散至整座講堂。

「那個人跟我一樣內心帶有痛楚，與我相互扶持，我們都成為了對方的助力並達成一個目的。我很感謝那個人，那個人也對我回以感謝。」

燈子學姊的這番話，靜靜地讓會場的嘈雜消散。

「無論是相戀的兩人，還是夫妻，就算花上好幾年一起相處，有些人還是無法相互理解。人生中會遇見許許多多的人，可是在這之中，究竟又有多少人能遇見真正能夠信任的人呢？」

不知不覺間，觀眾席已經寂靜無聲。大家聽著燈子學姊的話都聽得很入神。

「我有找到那種真正能夠信賴的人，而這對我來說就是最棒的耶誕禮物了。無論其他人有怎樣的傳言，那都是讓我覺得『我找到了能夠打從心底信賴的人，我並不孤單』的平安夜。」

燈子學姊那麼說之後靜靜地低頭。

這時會場籠罩在一片沉默之中。

每個人的內心，都被燈子學姊「發自內心的話語」深深地打動了。

我自己根本什麼都不用說。

對燈子學姊而言，X－DAY的事情無論被誰傳成怎樣，被人怎麼取笑，其實都不成問題。

「只要我跟燈子學姊能夠互相信任就好」，就只是這樣而已。

對於這點……我或許也有了個結論。

嗯，對於維持目前的關係，我自己內心也有感受到不滿。

……可是我害怕「我跟燈子學姊目前的關係」會遭到破壞……

我聽見會場傳來一個人的鼓掌聲。

後來那鼓掌聲增加為兩人、三人，最後整個會場都湧起了響亮的鼓掌聲。

想必沒有任何人會再拿X－DAY的事情對我們說三道四了。

鼓掌聲安靜下來，主持人好像想起該做什麼一樣，催促龍膽朱音進行最後的演講。

排第三的龍膽朱音信封裡寫的是「身為繆思小姐而再三注意的事情是什麼呢？」

龍膽理所當然似的說了「不要忘記磨練自己」。

她也說了：「無論是怎樣的寶石，沒有好好打磨的話，就跟隨處可見的玻璃珠沒什麼兩樣。」

大家雖然有鼓掌，那聽起來卻莫名地令人感到空虛。

三人的演講結束，主持人再次來到中央拿起麥克風：

「那麼，接下來就要發表審查員審閱過的最後結果。還請各位審查員舉起手邊寫有分數的牌子。」

所有審查員都帶著認真的表情點頭。

我以嚴厲的目光凝視那樣的她們。

「那麼，先從蜜本果憐的分數開始。請各位由左依序拿起牌子！」

身為審查員的歷任城都大學小姐依序舉起牌子。

「8分、8分、8分、8分、8分。總共是40分。加上一般投票則是78分！」

主持人這樣讀出分數後，背後的螢幕就大大地顯示「蜜本果憐：78」。

「接下來是櫻島燈子。8分、9分、8分、9分、8分。總共是42分。加上一般投票就是82分！」

會場湧現了「哦～～」這樣的喊聲。

龍膽的眼睛也閃過了險惡的目光。

「最後，龍膽朱音的分數是！」

審查員由左至右拿起了牌子。

「8分、7分、8分、8分、8分！總共是39分。加上一般投票便是77分！」

「怎、怎麼會！」

龍膽朱音一副難以置信的模樣，如此吶喊！

不過她的聲音完全被會場傳出的鼓掌與熱烈歡聲給蓋過去了。

就連主持人都沒有發覺龍膽的話音，進而高聲宣告：

「那麼，第一屆繆思小姐的代表確定為理工學院資訊工程學系三年級的——櫻島燈子！請大家給予熱烈的掌聲！」

觀眾席湧現了盛大的鼓掌聲。

「那現在就請櫻島燈子以代表的身分，對大家說個幾句話。」

主持人將麥克風遞給燈子學姊。

對於那樣的她，龍膽朱音露出「想要馬上衝上去咬死她」的眼神和面容狠狠瞪著。

看得出來她緊握的拳頭正因憤怒而顫抖。

燈子學姊走到舞台中央後，做出看似有點猶豫的動作，然後抬起臉來。

「真的非常感謝各位，在這次的活動中支持我這樣的人。老實說，我一開始曾猶豫該不該參加這次的繆思小姐，但我現在覺得這對我而言是一段很好的經驗。我真心覺得高興。」

這時燈子學姊停頓了一下。她再次抬起臉來的時候，顯露出令人感受到堅強意志的神情。

「可是要我在許多人面前拋頭露面，果然還是不符合我的個性。所以對於選上代表一事我雖備感光榮也樂於接受，但我想要辭退廣告活動以及作為大學門面的活動。因為我很理解有許多人比我更為適任。」

主持人好像在說「咦」一樣地睜大眼睛。

會場也再次嘈雜起來。

不過燈子學姊並不在意而繼續說下去：

「繆思小姐原本就是『發掘多種個性與多元魅力』的活動。我認為，這次每個人都具有十分出色的個性和魅力。而且我也得知有些人能藉由站在眾人面前而更加發光發熱，做得到那種事情的人並不是我。」

燈子學姊深深地低下頭去。

「很抱歉我自顧自地說了這些，但基於前述的理由，容我在此辭退廣告活動以及與企業合作的宣傳活動。」

燈子學姊就這樣把麥克風還給主持人，回到女神們原本所坐的席位上。

主持人好像慌張了起來，其他的營運方成員跑到他身邊。

五名男性在台上商討，目光狼狽似的看著燈子學姊。

而會場也一樣——「咦，燈子要辭退廣告活動？」「那實際上，繆思小姐的門面會變成誰啊？」「該不會是第二名的人？」「若要說到這次誰排第二……」

這樣的細語聲自觀眾席傳來。

「那個！」

女神席位中有一個人充滿精神地舉起手來。那是果憐。

「既然第一名的燈子學姊要辭退大學門面，那我可以自願候補嗎？」

她說出了這種話。

老實說，她這樣讓我目瞪口呆。居然在這種狀況下主動報名，她膽量可真大。

那傢伙的心臟是鈦合金製的嗎？

不對……這反而才是果憐打從一開始就設定好的目標吧？

就像在支持我這種想法一樣，會場群眾好像也同意果憐自願遞補這份工作。

「這樣也對。」「畢竟果憐是第二名嘛。」「既然第一名的燈子辭退，果憐來當大學門面也很合理呀。」「她可是魅惑女神，說不定很適合。」

到處都傳來了這樣的談話聲。

營運方的成員也露出一副好像把果憐的提案當成「久旱逢甘霖」，得救一般的神情。

主持人與營運方的成員交談了幾句後，便繼續發表：

「呃～～成為繆思小姐代表的櫻島燈子就如剛才的宣告，表明將辭退廣告宣傳活動。因此本年度擔綱宣傳的中心人物，將會委任於分數居次的蜜本果憐。請蜜本果憐來到前方。」

觀眾席再次傳起拍手聲，果憐帶著閃閃發亮的笑容站到舞台中央。

「此外，若有需要特定專長的宣傳活動，或者來自企業的廣告活動、商品市調委託時，我們也會分別請擅長該領域的女神協助……」

主持人持續辯解般說詞的時候，我帶著滿足和釋懷的感受從舞台邊凝視著燈子學姊。

「無效，這結果無效！代表決定戰怎麼可能會是這副德行！」

代表決定戰結束後不久，後台就響起女性的刺耳嗓音。

是龍膽朱音在吼叫。

「快去發表代表決定戰要重新來過！立刻去說『這次的審查出了錯，會再找時間重新進行繆思小姐的代表決定戰』！」

包圍她的是繆思小姐的主持人和四名營運方成員，以及剛當完審查員的五名歷任城都大學小姐，還有參加這次活動的九名女神和推薦人。

我也是其中一人，觀望著這樣的事態。

「這次的審查結果絕對有問題！不可能發生這種事！一定有什麼、有什麼失誤才對。如果不是那樣，就是有誰妨害……」

「妳說『有誰妨害』，是在說誰妨害了什麼呢？」

說出這句話的是其中一名審查員，也是第二十三屆的城都大學小姐。

龍膽朱音以銳利的目光瞪著她。

不過她並沒有退縮而繼續說下去：

「還是說，龍膽有什麼事情會遭受妨害的頭緒呢？」

「這跟妳沒有關聯！」

「並不是沒有關聯。想到妳有拜託其中三名審查員對妳給高分，就不會沒關聯了。」

龍膽的表情有變。但她還是強勢地放話：

「妳在說什麼？哪裡有我那麼做的證據？」

「收集到證據的人就是我。」

我這麼說而站了出來：

「妳知道廣告研究會、活動企畫研究會、美容同好會這三個社團，對於過去的選美比賽具有相當大的影響力。而且這三個社團合作推舉出審查員，對決定城都大學小姐的優勝者就十分有利。」

龍膽朱音面向我這邊。她端正的面容醜陋地扭曲了。

「當然，就算說是有影響力，也不可能掌控一切。畢竟營運力與他們並沒有關聯。事實上，目前在這裡的五個人當中，第二十一屆和二十三屆的城都大學小姐就是和那三個社團無關的團體所推薦的人選。」

那兩名審查員點了頭。

「所以我剛才才會把這件事以匿名信件寄給所有的審查員。內容寫著『以前選出城都大學小姐優勝者的時候，有著來自特定社團的干涉』。」

「所以你是想說什麼？那也不過就是情境證據。熱衷於選美比賽，規模又很大的社團具有強大影響力又不是什麼怪事。不過就是這樣，能當成黑箱的證據嗎？」

「可是有具體指示黑箱作業的內容呀。而且不是別人，正是龍膽學姊妳所說的。」

我拿出了電子錄音器。

「昨天晚上，龍膽學姊有把果憐叫出去吧？妳說『要是有個萬一，就揭露去年耶誕派對發生的事』。那時妳還說了『審查員是過往的城都大學小姐，不過其中三人是靠推薦她們的社團影響力奪冠的。由於我知道這點，她們沒辦法違抗我。我有指示那三名審查員，給分時要讓櫻島燈子落敗並且讓我得勝』。我有把當時的狀況錄音下來。」

聽見我這番話的龍膽大聲叫喊：「果憐！」

結果果憐露出可愛的眼神，嘟起了鴨子嘴：

「對不起，龍膽姊姊。可是就算照龍膽姊姊說的去做，也不知道果憐是不是就能當上明年的城都大學小姐嘛。而且啊，阿優有對果憐說過喔。說是『留個保險措施比較好』。」

「居然說保險措施，妳這人……」

龍膽口中溜出怒氣滾滾沸騰般的嗓音。

「就算責備果憐也沒有用。而且我並沒有拜託審查員『讓燈子學姊得勝』。我只是寫上『要公平地進行審查』而已。因為只要過程公正，就沒必要再對審查挑三揀四的了。」

「正如他所說的喔。」

第二十四屆的城都大學小姐開了口：

「我們收到的信件是匿名發送，上面完全沒有寫到『要讓誰取勝』，所以我們做出的評分沒有偏袒櫻島燈子，也沒有偏袒妳，龍膽朱音。當然也沒有偏袒蜜本果憐喔。」

其他屆的審查員也開始說話。

「妳覺得妳的演講有比櫻島燈子高竿嗎？看了觀眾席的樣子根本一目瞭然。」

龍膽恍然大悟似的看了燈子學姊。

「我想起來了。妳啊，知道信封裡的問題內容吧。」

結果燈子學姊靜靜地點了頭：

「對。」

「既然如此，做出黑箱行為的不就是櫻島燈子嗎？照理來說妳不可能有辦法知道信封的內容！」

雖說她很明顯是在掙扎才會找燈子學姊麻煩，但我對於燈子學姊一副知道問題內容的模樣也感到疑問。

不過燈子學姊靜靜一笑：

「告訴我的人就是龍膽妳喔。」

「什麼啊，妳這話是什麼意思？」

「妳的態度很不自然。絕大部分的場合，都是龍膽先站到最前面，總是站在最引人矚目的地方。明明如此，妳卻只有在去拿信封的時候讓我先過去拿。這不就會讓人認為，妳有想要那麼做的理由嗎？」

「所以呢？」

龍膽這麼說著，但她整張臉都一片蒼白。

「我是第一個去拿信封的吧？隨後過去的妳卻催促我把那個信封拿給妳。在那種狀況下有人伸手過來，實在沒辦法不交出信封。」

我回想起當時的狀況。確實就如燈子學姊所言，緊緊跟在燈子學姊後方的龍膽伸出手，接下了燈子學姊拿下的信封。

「妳直接把那個信封拿給果憐。我本來還想說是要用傳的，結果接下來拿的信封就停在我手上，妳去拿了白板上的信封。那時我想到了，這是『魔術師的選擇』。」

「魔術師的選擇？」

我回問之後，燈子學姊便看著我說明：

「那是一種魔術技巧。讓對方覺得自己有做出選擇，其實會抽到的牌打從一開始就被魔術師選好的手法。」

燈子學姊在原本貼有信封的白板上畫了圖。她畫了圓圈圈住Ａ。

「在Ａ、Ｂ、Ｃ三個信封當中，想讓我挑到的是Ａ。這時最先過來的我拿走Ａ的話，隨後的兩人只要拿走Ａ以外的就行。」

她接下來圈住Ｂ。

「假如我拿了Ｂ，龍膽就收過去再拿給果憐。如果我接下來拿了Ａ，龍膽就去拿Ｃ。假如我拿了Ｃ，龍膽就會像剛才說的那樣收下Ｃ，把Ａ留給我。這種做法乍看之下像是我自己挑選信封，實際上是龍膽在幫我選信封喔。」

龍膽朱音露出悔恨似的神情。

「龍膽事先早就知道哪個是『平安夜問題的信封』了吧。畢竟問題本身是募集來的，只要找妳的同夥大量投稿就行。」

原來如此，有著這樣的機關啊。

可是我依然有所疑問。

「燈子學姊既然知道得這麼深入，為什麼還要去選對自己不利的信封呢？」

「答案有兩個。一個是我沒辦法預料其他信封的問題。」

燈子學姊豎起兩根手指比出Ｖ字：

「至於龍膽不惜做到這種地步也想讓我拿到的信封，可以推測裡頭是不利於我的問題。那在這種狀況下我最難回答的問題是什麼呢？想到這一步，就能知道問題內容會跟X－DAY有關了吧？我有料到她會拿這點來出招。」

「原來如此，那另外一個理由呢？」

「就是我想趁這個機會，解決掉這個問題。我想說要是直截了當地親口說出，就不會再有人拿這件事來煩我了。真要說起來，那天晚上的事要怎麼講才能好好傳達，我也想了滿久的就是了。」

原來如此，是這麼回事啊。

我感受到自己的嘴角自然地浮現笑意。

我對於「這次的繆思小姐代表決定戰需要經過公平審查」十分執著。可是燈子學姊的思路更高一籌。她思索了該怎麼反過來利用龍膽朱音設下的陷阱，藉此解決我們的麻煩。

她可真是厲害，真的只能說我被她嚇到了。

審查員中第二十三屆的城都大學小姐這麼說：

「這下子妳就知道了吧，龍膽朱音。我們再怎樣都是實行了公正的審查。而妳是在這樣的前提下輸給了櫻島燈子。不只是輸掉了繆思小姐代表，連策略都輸了。」

龍膽朱音整張臉紅通通，面目猙獰地環視我們。

那已經超越夜叉，是般若的面容了。

「給我好好記住。別以為這樣就結束了。」

她以陰沉且產生迴響般的嗓音如此放話，然後背對我們揚長而去。

「繆思小姐代表決定會」就這樣結束了。

社團協議會成員在會場做事後收拾之際，燈子學姊向我靠近過來。

「一色，你辛苦啦。」

她以心無罣礙的表情對我這麼說。

「燈子學姊才是，有勞學姊了。這下子真的全都結束了。」

「沒錯，今天開始可以放輕鬆好好睡嘍～」

燈子學姊像在深呼吸一樣，深深地呼出一口氣。

「原來壓力有那麼大啊？不過學姊最後看穿『問題陷阱』的手法實在厲害，讓我覺得真不愧是燈子學姊。」

「不是喔，單靠我一個人可做不來。正是因為有你為我思考讓我躋身代表的作戰，還設法讓審查員公平地進行審查，我才能在最後一關以我的演說好好發揮。」

這麼說著的燈子學姊對我露出開朗的笑容。

我不覺得自己有幫上那麼多的忙，不過燈子學姊開心似的臉蛋依舊令我雀躍。

「你們兩位還是一樣，關係很親近呢～～」

這樣的聲音對我們搭話。

回頭看去，只見是果憐在那邊。

「果憐，我也得感謝妳才行呢。我們硬是把麻煩的差事交給妳去辦，真的很抱歉。」

燈子學姊這麼說而低下頭去。

「不會不會，沒有那麼嚴重！畢竟啊，當上繆思小姐的大學門面本來就是我的目的。有了這個成果就能跟企業和大眾傳媒建立人脈，對就職也很有幫助喔。我才應該感謝燈子學姊呢。」

果憐也以開朗的表情如此回應。

我鬆了一口氣。看來她這番話並不是在說謊。

「是說果憐這次為什麼願意幫燈子學姊？」

我最在意的就是這點。

網路上的宣傳方法、城都大學小姐過往冠軍的聯絡方式，以及成為最後痛擊的龍膽朱音錄音證據。

要是沒有果憐的幫助，還真不曉得這場代表戰會落入怎樣的結局。

結果果憐以食指抵住嘴邊，露出好像覺得不可思議的表情。

「嗯～～果憐其實不是在幫燈子學姊喔～～果憐是龍膽學姊的學妹，也有照龍膽學姊所說的去行動呢～～」

然而果憐這時浮現惡作劇般的微笑：

「可是就像之前說過的一樣，果憐最挺的人就是果憐了吧～～畢竟不曉得明年的約定到底會變怎樣，才會想要阿優所說的『保險措施』嘍。而且果憐如果能成為繆思小姐最顯眼的大學門面，做出這種選擇才正常吧。因為果憐知道燈子學姊就算成為代表，也會辭退廣告中心人物的職務。」

「咦？」

果憐「知道燈子學姊會辭去大學門面的職務」？

不過燈子學姊沒有理會我的訝異，依然保持笑容。

「原來如此，果憐也十分了解我的事呢。我很高興喔。」

「果憐並沒有打算親近燈子學姊的說～～」

有人叫了果憐，似乎是營運方的其中一人。

「那就先談到這裡。果憐接下來還要去拍照。」

「嗯，那就下次再聊。」

我都還沒有機會講半句話，果憐就跑走了。

燈子學姊似乎覺得有趣，小聲地嘻嘻笑著。

「果憐也挺厲害的呢，居然想得那麼遠。」

「是啊……」

我小聲地附和。

可是笑不出來。

果憐……擺出一副好像什麼都沒在思考的態度，但她到底算計到什麼地步啊？

……這次的真正贏家，或許是果憐也說不定……

我有了這樣的想法。

我又一次覺得……女人真是可怕。

十三 果憐的獨白

我現在位於能夠俯視講堂，二樓有照明的位子。

作為第一屆繆思小姐的大學門面，拍攝照片的工作才剛結束。

這應該就是我擔任廣告、宣傳一職的第一份工作吧。

今天晚上，社團協議會網站上八成會大大地刊出我的照片。

會比那個櫻島燈子的照片還要大張。

我回想起一小時前剛結束的「繆思小姐代表決定戰」。

那個龍膽朱音驚慌的表情真是可笑。

平時好像在宣稱「我就是女王」的那張高高在上的臉龐，顏面盡失的一瞬間。

我可真沒想到那女人會那麼醜陋，驚慌失措地掙扎到那種地步。

她總是高傲地使喚他人……落到這種下場真令人暢快。

我不經意地往下一看，便發覺櫻島燈子跟一色優在那邊。

這次……我真沒想到會演變成這種結局。

我當初的目的是「只要龍膽朱音跟櫻島燈子互扯後腿就行」，還有「單純想看燈子被拉進選美比賽後發慌著急的模樣」。

「妳去把櫻島燈子拉進繆思小姐活動。有必要讓她看清楚，到底誰才是真正的校園女王。」

在有人提出繆思小姐活動企畫的階段，龍膽朱音就這樣命令我。

那是我離開那個同好會之前發生的事。

我一開始本來打算哀求燈子，逼她參加繆思小姐，可是耶誕派對那件事發生後就沒辦法那麼做了。

後來我換了個方式，叫我的男跟班以同好會的電子信箱發出「燈子有意願參加」的內容。

那場耶誕派對對我而言十分屈辱，但我也藉此得知燈子對優懷有特別的情感。

「要是拿優來激她，燈子搞不好就會說要參加繆思小姐了」。

我只是朦朦朧朧地有著這種想法，沒想到燈子會氣成那樣還上了我的鉤……老實說我很意外。

可是我也知道，燈子不擅長主動跑到眾人面前宣揚自己的魅力。

所以我本來想說，只要能看見她在繆思小姐會場驚慌失措的樣子就不錯了。

可是燈子的追蹤人數一直以來都沒有起色的狀況，不知道為什麼讓我很不爽。

如果她就那樣沒留下任何痕跡便消失，或者以平凡無奇的結果收尾，那就讓人感到既無趣又很不是滋味了。

希望她至少做到讓龍膽朱音慌張起來的地步。

我就是這麼想，才會特地去聯絡一色優。

儘管如此，龍膽朱音的權力還是無可動搖。無論有多少人把燈子叫成「真正的校園女王」，她也不可能單靠那樣就成為繆思小姐代表。

不過一色優意外地熟知該運用什麼戰略。他仔仔細細地分析資訊並增加追蹤數，抑制了黑粉，也隱約察覺到龍膽朱音背後有靠山。

如果優揭露了龍膽朱音的靠山，那她所說的「明年的校園小姐會是我」的約定就會化為泡影。

就算沒被揭露，對方也還是那個傲慢至極又自我中心的龍膽朱音。她說不定會輕易地當成根本沒有那種約定。

事實上，第二年原本要由其他女生擔任城都大學小姐，可是龍膽朱音卻強硬地奪取那個地位，拿下了「史上首次蟬聯兩年的城都大學小姐」這種頭銜。

就在我對於我跟龍膽之間的密約抱持疑問時，一色優對我做出提議。

對，就是在優被龍膽叫過去的時候。

「代表決定戰想必會演變成燈子學姊、龍膽朱音、果憐三方鼎立。我想龍膽朱音為了在那時鞏固自己的勝局，應該會找果憐提出陷害燈子學姊的事。妳可以把那種情形錄下來嗎？」

在這樣的前提下，優還強調「如果可以，希望妳能讓龍膽朱音說出『在以前的選美比賽黑箱操作過投票結果』的事情」。

聽見他那番話時，我立刻就拒絕了。

「你是白痴嗎？憑什麼要我為了你們幫忙到那種地步？不只會被龍膽盯上，要是那種證據拿上檯面，對我也會很不利吧？」

可是優這麼說：

「我也不是想對過往的城都大學小姐找麻煩。我跟妳約定，藉此掌握的證據只會用來克制黑箱行為。單靠我收集到的證據應該也能克制住審查員，可是龍膽朱音說不定不會因為那樣就乖乖就範。而且果憐也一樣，無論事態會往什麼方向發展，都需要有個保險措施吧？」

被優這麼一說，我便還是先從他那裡收下了電子錄音器。

然後就是昨晚發生的事。

把我叫過去的龍膽說了這樣的話：

「果憐，明天妳就照我說的行動。坐的地方得是我指示的地方。我打出『過去』的暗號妳就出去，打出『等待』的暗號妳就待在原地等。懂了沒？」

她就那樣用手比出「過去」、「等待」的暗號給我看。

簡直就像在訓練狗一樣。

「為什麼要做那種事呢？」

我壓抑心中的不爽，擺出順從她的學妹神情問看看。

「這是為了在明天最後『回答問題』的演講中，讓櫻島燈子丟臉丟到家。對那女人而言，最不想被人問的就是『平安夜』了吧。據說她跟妳的前男友一色優一起去了飯店。我就是要她親口揭露這件事。」

這女人，就不曉得揭露這件事也會對我造成傷害？還是說她打從一開始就沒有把我的事情列入考量？

那傢伙並不在意這麼想的我有什麼反應，進而直接放話：

「果憐，要是有個萬一，我會叫妳親口說出那時候的狀況。要用這招將櫻島燈子的負面印象深植大家心中。」

面對理所當然似的下命令的龍膽朱音，我心中真是有股難以抑制的怒火。

但我深藏這份怒氣而詢問她：

「可是審查員裡頭有三個人站在龍膽學姊這邊吧？有必要做到那種地步嗎？」

「妳這麼講倒是沒錯。那三個女生能當上城都大學小姐都是託三大社團的福，我也掌握到那方面的證據了。可是單純只有『櫻島燈子在代表戰中落敗』的狀況，不是很無趣嗎？得讓她在眾人面前要有多丟臉就有多丟臉啊。」

我懷著對於龍膽的怒火，回到家裡。

而我就是在那個時候想到的。

想到「櫻島燈子成為繆思小姐代表的時候，她應該會辭退成為大學門面一事」。

我沒有對任何人說過，但我知道櫻島燈子曾以「SAKURAKO」的身分擔任讀者模特兒並且十分活躍。

而她在剛開始有點名氣的時候，便消失蹤影了。

如果燈子她的目的是要當上選美比賽的大學門面，那她根本不需要辭去讀者模特兒。

而我最大的目的，就是拿到可以跟大眾傳媒或企業建立關係，對就職活動也很有利的大學門面立場。

雖說我成為代表就是最好的結局，可是在這種時候讓燈子成為代表可說是第二好的策略吧。

至少會比龍膽朱音今年也得冠軍，期待她明年遵守約定而呆呆地等待快上許多。

如此這般，我把錄下我跟龍膽朱音對話的電子錄音器交給了優。

結果就是剛才那樣了。

龍膽朱音第三名，燈子成為代表卻辭退大學門面。

就結果來說，我得到的實際利益遠大於名譽。

……不過嘛，會有這樣的結果，很大一部分是多虧優的努力就是了……

我又一次地看著位於一樓的一色優。

他還是老樣子帶著開心似的表情……不對，是很幸福的表情跟燈子說著話。

臉部的肌肉一直都在放鬆呢。

……說起來，那傢伙都沒對我展露過那種表情啊……

「哼。」

我不禁用鼻子哼氣。

我並不是對一色優還有留戀。

單純只是看他那張無憂無慮又好像很幸福的表情不爽罷了。

繆思小姐代表決定戰結束後的夜晚——

我們（我、燈子學姊、一美學姊、美奈學姊、麻奈實學姊、石田等推薦人）與同好會的全體成員，聚集在澀谷的西洋風居酒屋。

一美學姊拿起酒杯，說起乾杯前的致詞。

「在這次的繆思小姐當中，燈子不僅選上九名女神之一，也在隨後的代表決定戰獲得優勝。托她的福，我們得到了夢寐以求的社辦，大學也會支付補助款給我們，秋季校慶好像還能優先使用設施。這也多虧了大家的幫忙跟支持。作為這個同好會的代表，我打從心底感謝大家。」

然後她以酒杯對著身旁的燈子學姊。

「燈子，這次發生了許多意料外的狀況，我想妳參加起來真的很累，再怎麼說都做了許多不習慣的事情。真是辛苦妳了！」

燈子學姊以笑容回應那番話：

「不會，我參加得很開心喔，畢竟這是我從來沒有過的經驗。最重要的是，該說這是大家一起營造的成果嗎？我最高興的就是大家一起完成了一個目標。我真的很感謝大家，謝謝你們。」

「誠如燈子所說的，這場勝利是大家的勝利！那我們就來慶祝燈子贏下繆思小姐，還有同好會獲得社辦，乾杯！」

一美學姊將啤酒杯舉得更高。

大家也高舉酒杯，跟身邊的人互敲酒杯後喝下第一口。

每個人都發出滿足的嘆息聲，隨即吃起料理並打開話匣子，氣氛十分熱絡。

我這裡也有形形色色的人輪流過來。

「一色也幹得很好啊。」

「燈子的約會企畫那個做得很棒喔，讓我覺得自己好像也在約會一樣。」

「燈子的角色扮演也很可愛喔。」

「不過你還真有一套耶，居然能讓燈子去做角色扮演。」

對於這番話，在我身旁的石田搶先我一步回答：

「其實啊，那是我出的點子喔。比起燈子學姊，說服一美學姊和美奈學姊才辛苦呢！不過她們到頭來還是有體會到我的熱情吧。只是都難得弄角色扮演了，多裸露一點肌膚的話……」

他就那樣有點加油添醋，得意地說著角色扮演企畫的辛酸史。

儘管露出苦笑，但我是真的很感謝石田的幫忙。

事實上，如果沒有他來說服大家，一定不會有角色扮演，而且說不定連「展現燈子學姊可愛一面的企畫」也無法實現。

「可是啊～～真沒想到今天連我們都要出來當燈子的應援團耶。」

說出這種話的是三年級的學長。

「說的對。如果只是做扇子倒還好，我們可是被迫穿上法披還拿起螢光棒練習擺動作耶。這總該要有什麼回報吧？」

其他男生也紛紛這麼說之後，石田興高采烈地回答：

「ＯＫ的啦！我會將燈子學姊的角色扮演照弄成五張一組，五百圓就能下載……」

我急忙堵住石田的嘴。

「總、總之呢，我們會想一想，再跟一美學姊討論一下。」

「我也有努力支持燈子小姐的說！」

明華從石田身後探出臉來。

明華今天是來參加我們大學的校園開放日。

她在當下以「將來的城都大學學生特別名額」的形式，得以對繆思小姐的代表決定戰進行投票。

而明華跟陪她一起來的女高中生們，以及在校園開放日碰頭的一群男高中生（也就是來搭訕的）一起投票給燈子學姊。

然後她一知道同好會要開慶功宴，就主張：「我是來幫忙的，我也有參加的權利！」跟了過來，所以才會在這裡。

真要說起來，作為監護人的石田有一起來，她喝的飲料到頭來也跟我們一樣是汽水，不會出問題就是了。

「嗯，明華也有幫我們呢。妳真的幫了很大的忙，謝謝妳。」

明華面露看似滿足的表情，但她馬上不忘提醒我：

「另外，優哥你別忘了『當我家教』的事情喔！」

「這我曉得。下次放假教妳如何？」

「地點是優哥的房間喔！」

明華豎起食指，像是要逼近我一般地這麼說。

「這、這我知道，我記得很清楚啦。但妳現在先不要說這個。」

我盡快擺出要她閉嘴的動作來制止她。

「什麼？你跟明華做了什麼約定嗎？」

美奈學姊很快就發現不對勁，看似覺得有趣地過來這麼問。

「沒啦，只是約好要教她念書而已。」

明明真的只是這樣，為什麼我非得這麼著急才行啊？

「哼哼～～」

美奈學姊以好像覺得很有趣的目光看著我。

「是說一色那個『想展現更多燈子可愛的模樣』的點子確實是個高招。如果只靠我們來做，就不會有那樣的發想了。」

哦，由她主動換了個話題啊。老實說，我鬆了口氣。

「嗯，一開始聽到那點子時還覺得『那樣太低俗，不符合燈子的氛圍』，可是就結果來看，那讓追蹤人數高出了一輪呢。」麻奈實學姊這麼說。

我也帶著笑容回應那樣的兩人：

「沒有啦，那是因為美奈學姊妳們一開始有先好好塑造燈子學姊充滿知性又帥氣的形象，才有辦法成功。如果打從一開始就走我們主張的可愛路線，或許早就失敗了。畢竟反差萌的效果很大。」

「對對對，『冰山美人』和『可愛女孩』兩者並立，這才是燈子學姊的魅力！不過真可惜啊，如果有貓耳動物比基尼的角色扮演照，追蹤人數就會翻倍的說……對不對啊，優！」

石田心情很好地這麼說。

可是他這番話，又讓我想起燈子學姊身穿動物比基尼的模樣。

……那件事，就只藏在我的心裡吧……

「無論如何，燈子連代表決定戰都獲勝了！而且還壓下了那個龍膽朱音！燈子確定選上代表時那傢伙的臉色！真的讓人暢快無比啊。」

美奈學姊這麼說著，把啤酒杯一口氣喝乾。

「咕啊～～這真是最棒的下酒菜！」

不知不覺間，一美學姊也來到我身邊。

「不過一色這次的努力啊，無論檯面上或檯面下，真的都表現得很好。」

「哈哈，連一美學姊都這麼說，實在令人高興。」

一美學姊把臉靠到我的耳邊：

「這也是你對燈子的愛嗎？」

她不讓周遭的人聽見，輕聲地這麼說。

「咦？」

見我不禁回問，她說了一句：「我是支持你的喔。」並露出賊笑，然後就移動到其他位子去了。

經過了一小時……慶功宴變得更熱鬧了。

儘管慶祝的是燈子學姊得勝，高年級生卻開始合唱「城都大學應援歌」。

不對啊，這裡又不是運動系社團。真是莫名的愛校心。

我在這樣的喧囂中，裝作要去上廁所而悄悄站起身來。

我拿起事先放在出口附近的包包，就這樣直接來到店外。

燈子學姊已經在外頭等我了。

「順利地溜出來了？」

燈子學姊靠了過來，如此詢問。

「對，沒人對我講半句話，我想大家應該不會馬上發覺。」

「這樣啊。但我們不能放心呢。」

再怎麼說都是今天的主角，以及輔助主角的人消失無蹤。

不管氣氛炒得多熱，大家都一定會發覺吧。

「是啊，我們沒辦法太悠哉。」

對，我跟燈子學姊接下來要舉行「只有我們兩人的慶功宴」。

昨天晚上，我們兩人看著大海，一邊做了這樣的約定。

我們以傳訊息的方式互聊，同時也找尋著溜出會場的機會。

「那麼，就趁沒人妨礙我們的時候逃亡吧！」

燈子學姊握起了我的手，臉上浮現惡作劇般的笑容。

雖說是第一次發生的事，我卻覺得非常自然。

「好的！就只有我們兩個，趁現在。」

我也回握燈子學姊的手。

「感覺好像私奔一樣，令人心跳加速呢。」

我們兩人就這樣，在夜晚的澀谷跑了起來。

各位好久不見，我是震電みひろ。

多虧各位讀者支持，本書的單行本也推出第三集了，還請容我先為此向各位讀者答謝。真的很感謝各位，這是我第三次的磕頭感謝！

這次身為第二女主角？的果憐大展身手，各位覺得如何呢？其實我一開始並沒有打算讓果憐回歸。可是看見加川老師筆下果憐的角色繪圖，就覺得：「好可愛，一集就結束也太浪費了！」

然後在確定要出版續集之際，我從中田責編那裡得到了「讓果憐作為優的益友（損友？）再次登場如何呢？」這樣的點子。我覺得「那樣或許會滿有趣」而思考成形的，就是這集的故事了。

由於周遭也有狡詐的女性友人，我個人還滿喜歡這次的劇情的（笑）。

最後，我要在此感謝一直為了思索故事點子出力的中田責編、這次也畫出完美封面圖的加川老師、為漫畫版盡心盡力的寶乃老師，真的非常感謝各位。

最重要的，是要對這次也購買本書、閱讀內容的各位讀者深表感謝。

我衷心希望能在第四集與各位再次相見。

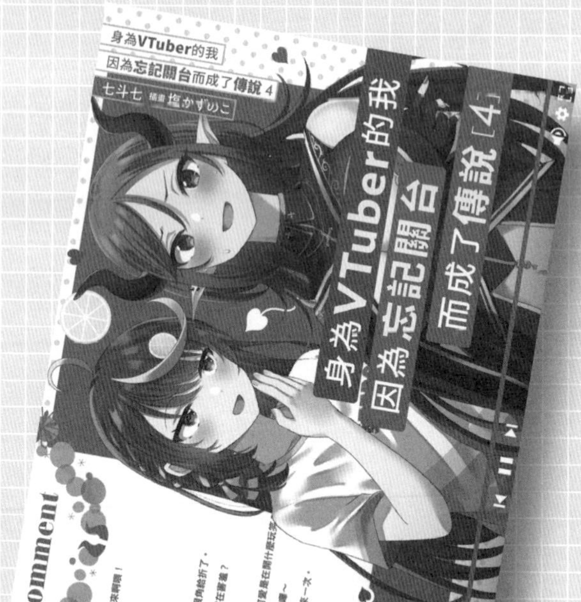

身為VTuber的我因為忘記關台而成了傳說 1~4 待續

作者：七斗七　插畫：塩かずのこ

衝擊的VTuber喜劇，
這樣難怪被沒收的第四集！

參加晴的首次個人演唱會後，淡雪正為順利落幕的合作活動感到開心。然而沒過多久，二期生宇月聖就驚傳收益遭到沒收？儘管眾人召開了重拾收益化的會議，卻礙於聖的存在本身過於敏感而導致討論停滯不前。於是詩音終於做出強勢發言……？

各 **NT$200~220/HK$67~73**

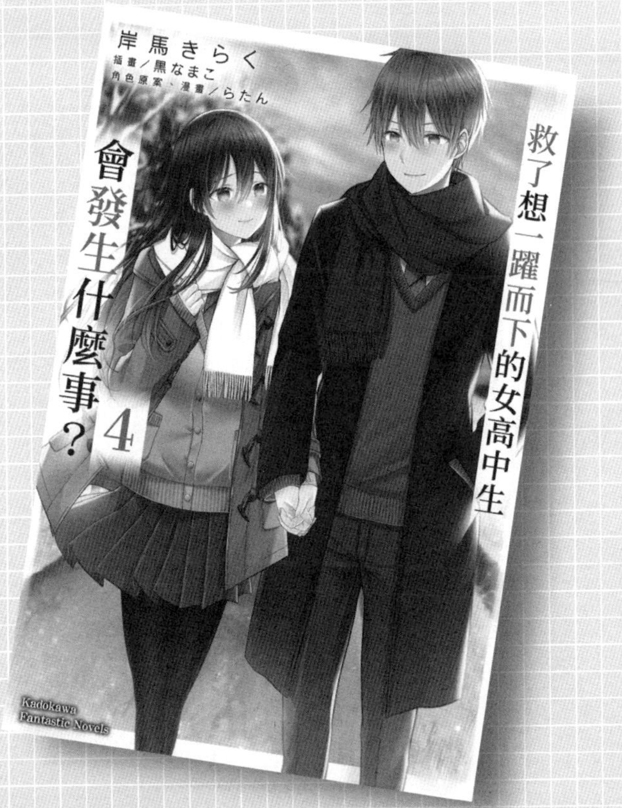

救了想一躍而下的女高中生會發生什麼事？ 1~4（完）

Kadokawa Fantastic Novels

作者：岸馬きらく　插畫：黒なまこ　角色原案、漫畫：らたん

塑造出結城祐介的過去及一路走來的軌跡終將明朗。
加深兩人愛情與牽絆的第四集——

寒假第一天，兩人接受結城母親的邀請，前往結城老家。神色緊張的小鳥第一次見到了結城性格爽朗的母親，以及與哥哥截然不同，總是閉門不出的弟弟。不僅如此，甚至還出現一個宣稱自己喜歡結城的兒時玩伴……？

各 **NT$200~220/HK$67~73**

豬肝記得煮熟再吃 1~7 待續

作者：逆井卓馬　插畫：遠坂あさぎ

與潔絲一同找出瑟蕾絲不用喪命的方法——
根本是豬左擁右抱美少女的逃亡紀行？

為了讓變得異常的世界恢復原狀，瑟蕾絲非死不可？我們與被王朝軍追殺的她展開充滿危險的逃亡之旅，朝「西方荒野」前進。被兩名美少女夾在中間的火腿三明治之旅，出現了意料外的救兵。救兵真正的意圖是？而瑟蕾絲始終如一的戀情，又將會何去何從

各 **NT$200~250/HK$67~83**

義妹生活 1~6 待續

作者：三河ごーすと　插畫：Hiten

明明早已決定獨自活下去，
卻在不知不覺間想著要走在某人身旁。

悠太與沙季表面維持如以往的距離，關係卻有了明確變化。兩人在煩惱禮物、如何過紀念日、怎麼討對方歡心等問題的同時，也以自己的方式摸索幸福之路。而看見雙親與親戚的模樣，讓他們考慮起家人的聯繫、戀愛關係後續發展……乃至結婚生子……？

各 **NT$200~220/HK$67~73**

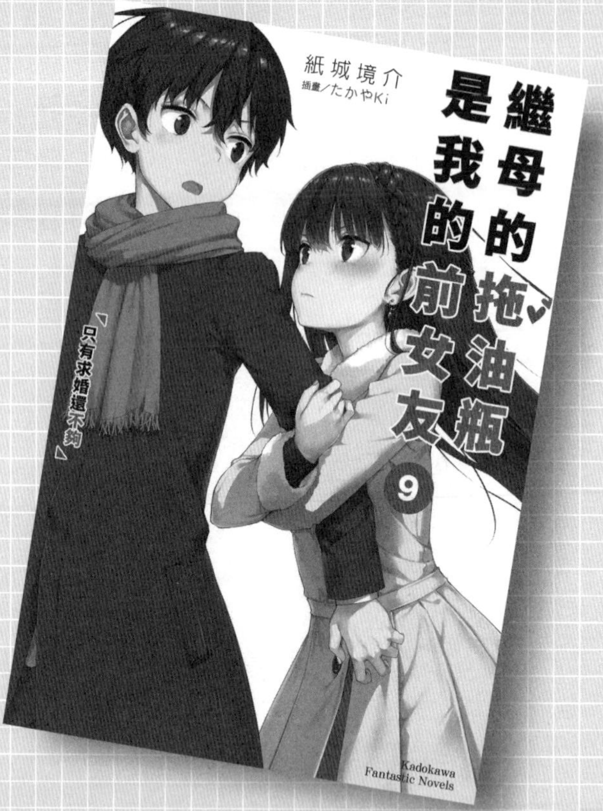

繼母的拖油瓶是我的前女友 1~9 待續

Kadokawa Fantastic Novels

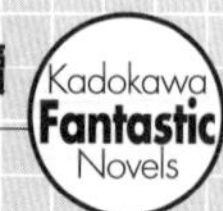

作者：紙城境介　插畫：たかやKi

該選擇與結女再次兩情相悅的未來，
還是幫助伊佐奈發揚才華的夢想？

水斗為伊佐奈的才華深深著迷，熱衷於她的職涯規劃。兩人為了轉換心情去聽遊戲創作者演講，主講人卻是結女的父親！儘管自知對結女的感情日益增長，然而事態將可能演變成家庭問題，水斗在戀情與現實間搖擺不定，結女卻開始積極進攻——

各 **NT$220~270/HK$73~90**

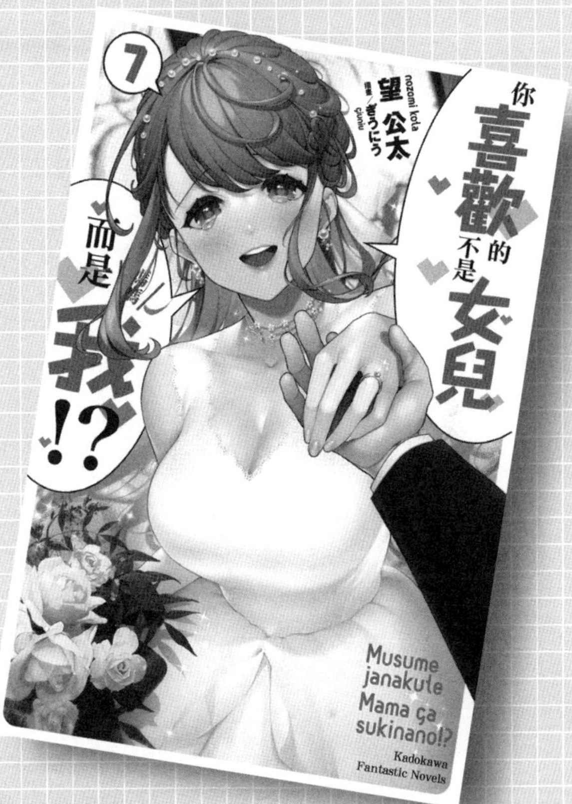

你喜歡的不是女兒而是我!? 1~7 完

作者：望公太　插畫：ぎうにう

獻給所有年長女主角愛好者的
超人氣年齡差愛情喜劇，終於完結！

我和阿巧在東京同居的這段時間……不小心有孩子了。突如其來的懷孕，把我們的關係連同周遭其他人一口氣往前推進。即使如此，一切仍舊美好。各種決定、各自的想法、無法壓抑的感情。懷著許多回憶與決心，彼此的結局將會是──

各 **NT$200~220/HK$67~73**

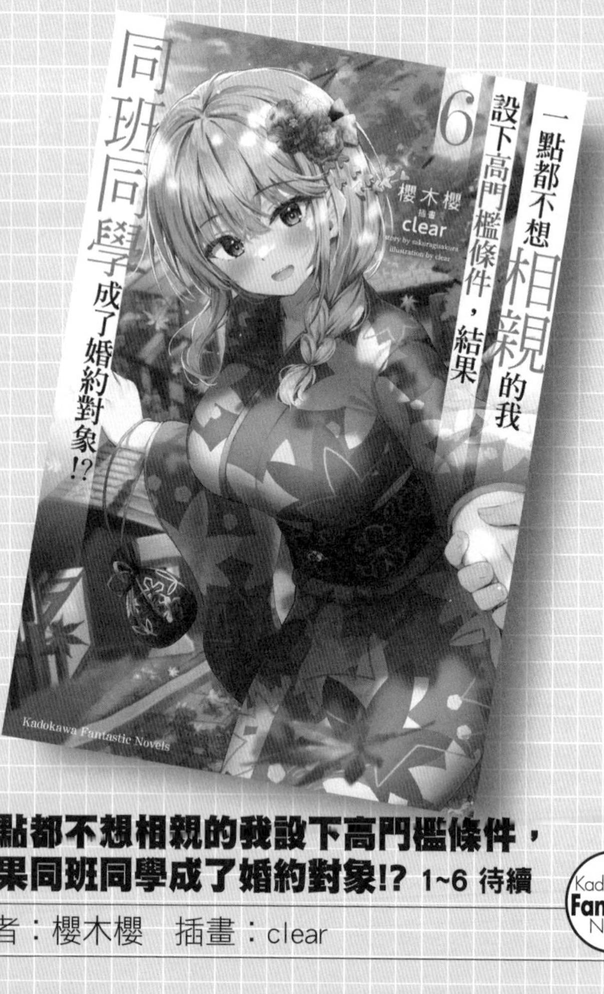

一點都不想相親的我設下高門檻條件，結果同班同學成了婚約對象!? 1~6 待續

作者：櫻木櫻　插畫：clear

戀愛觀的差異，使由弦和愛理沙之間產生隔閡——
假戲成真的甜蜜戀愛喜劇，獻上第六幕。

某天，愛理沙瞞著由弦，開始在他打工的餐廳工作。由於事發突然，由弦為此困惑不已，試圖詢問愛理沙打工的理由，但她堅持不肯透漏。正當他懷著複雜的心情之際，卻忽然被愛理沙塞了張電影票，趕出家門……

各 NT$220~250/HK$73~83

砂上的微小幸福

作者：枯野瑛　插畫：みすみ

「邪惡的怪物應該消失。你的願望並沒有錯喔。」
這是某個生命活了五天的故事——

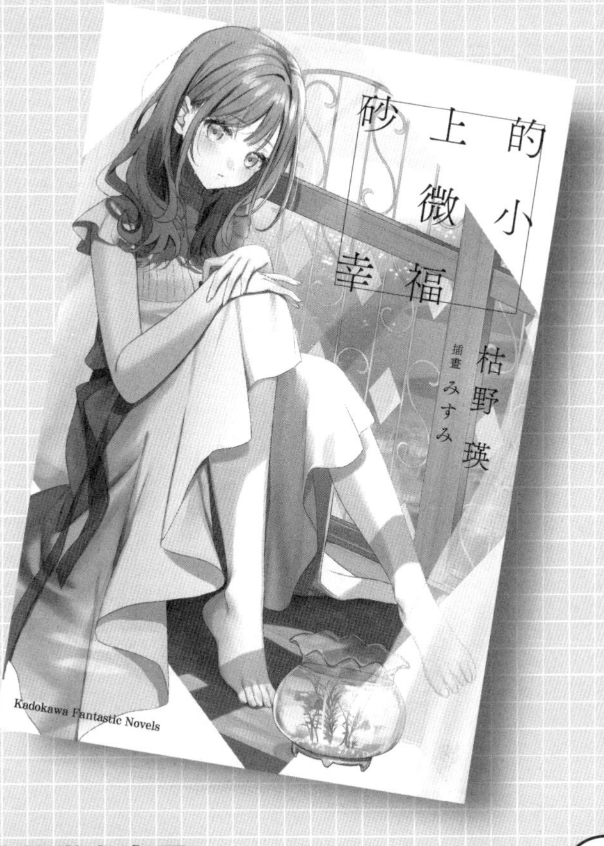

商業間諜江間宗史因任務而與女大生真倉沙希未重逢，卻被捲入破壞行動。祕密研究的未知細胞救了瀕死的沙希未。名喚「阿爾吉儂」的存在寄生於其體內，以傷勢痊癒後歸還身體前的期間為條件，與宗史生活在同一屋簷下……

NT$270/HK$90

國家圖書館出版品預行編目資料

因為女朋友被學長 NTR 了，我也要 NTR 學長的女朋友 / 震電みひろ作；李君暉譯. -- 初版. -- 臺北市：臺灣角川股份有限公司, 2023.09-
冊； 公分
譯自：彼女が先輩に NTR れたので、先輩の彼女を NTR ます
ISBN 978-626-352-903-8(第 3 冊：平裝)

861.57 112011244

Kadokawa
Fantastic
Novels

因為女朋友被學長NTR了，我也要NTR學長的女朋友 3

（原著名：彼女が先輩にNTRれたので、先輩の彼女をNTRます 3）

2023年9月20日　初版第1刷發行

作　　者：震電みひろ
插　　畫：加川壱互
譯　　者：李君暉
發 行 人：岩崎剛人
總 編 輯：蔡佩芬
編　　輯：邱瓈萱
美術設計：李思穎
印　　務：李明修（主任）、張加恩（主任）、張凱棋

發 行 所：台灣角川股份有限公司
地　　址：104台北市中山區松江路223號3樓
電　　話：（02）2515-3000
傳　　真：（02）2515-0033
網　　址：www.kadokawa.com.tw
劃撥帳戶：台灣角川股份有限公司
劃撥帳號：19487412
法律顧問：有澤法律事務所
製　　版：尚騰印刷事業有限公司
ISBN：978-626-352-903-8